KB114894

한국 호랑이

진호철 장편 소설

FUSION FANTASTIC STORY

한국호랑이 4

진호철 장편 소설

초판 1쇄 찍은 날 § 2014년 6월 11일
초판 1쇄 펴낸 날 § 2014년 6월 18일

지은이 § 진호철
펴낸이 § 서경석

편집부장 § 권태완
편집책임 § 박은정

펴낸곳 § 도서출판 청어람
등록번호 § 제387-1999-000006호
등록일자 § 1999. 5. 31
어람번호 § 제1-1872호

주소 § 경기도 부천시 원미구 부일로 483번길 40 서경B/D 3F (우) 420-822
전화 § 032-656-4452 팩스 § 032-656-4453
http://www.chungeoram.com
E-mail § chungeorambook@daum.net

ISBN 979-11-316-9070-3 04810
ISBN 979-11-5681-964-6 (세트)

한국 호랑이

진호철 장편 소설

FUSION FANTASTIC STORY

4

CONTENTS

1장

반전

　"김명환 씨."

　유천이 조용히 불렀다. 그러나 김명환은 아직 고문의 후유
증에서 벗어나지 못한 탓인지 제대로 정신을 차리지 못한 모
습이었다.

　"으음……."

　"정신 차리세요. 한국에서 왔습니다."

　"한… 국."

　힘겹게 내뱉는 말투에 아주 약간 생기가 돌았다. 유천은 그
런 김명환에게 단호하게 말했다.

"당신을 구하러 왔습니다."

"나를 구하… 러요?"

단 한마디에 김명환의 눈이 거짓말처럼 번쩍 뜨였다. 유천은 최대한 미소를 머금으며 조용히 설명했다.

"갑시다. 한국으로."

"…여긴 어떻게?"

"그건 나중에 설명드리지요. 걸을 수 있겠…….."

유천은 말문을 닫았다.

얼핏 봐도 김명환의 모습은 걷기는커녕 이대로 내버려 두면 살지도 의문스런 상처투성이었다. 그런데 김명환은 놀라운 의지를 보였다.

"걸어 보겠습니다."

김명환은 거의 초인적인 힘으로 의자에서 일어서려 발버둥쳤다. 유천은 그 모습을 아무 말 없이 지켜볼 뿐이다.

쿵.

제대로 서지도 못하고 김명환이 바닥에 쓰러졌다. 그러나 김명환은 그대로 좌절하지 않고 다시 몸부림쳤다.

"미안… 합… 니다."

짧은 순간, 유천의 머리가 복잡해졌다.

김명환의 모습은 한눈에 보기에도 처참을 넘어 안쓰러울 정도였다.

저런 몸 상태로 밀림을 횡단한다는 건 사실상 어려워 보였다.

골치가 지끈거렸다.

'그냥 돌아갈까?'

이대로 구출조에게 맡기고픈 충동마저 들었다. 그러나 유천은 현실을 회피하기보단 정면돌파를 택했다.

또한 자신이 가졌던 의문점을 풀고 싶은 욕망도 컸다.

유천은 다음 순간 강한 분노를 느꼈다. 사람을 짐승처럼 다룬 반군에게 맹렬한 적대감이 들었다.

그 기분으로 유천이 쓰러진 두 명에게 다가섰다.

유천은 아무런 망설임 없이 반군 한 명의 팔을 밟았다. 물론 발끝에 힘을 불어넣어 강한 충격을 함께 선사했다.

빠직.

유천의 귀에 뼈가 부러지는 소리가 들렸다. 강한 고통에 기절했던 반군의 눈이 번쩍 뜨이는 순간 유천의 발이 입으로 향했다.

퍽.

그 순간 입이 뭉개지며 반군이 비명조차 지를 수 없게 만들었다. 유천은 서서히 만신창이로 변한 반군에게 싸늘하게 말했다.

"똑같이 겪어봐."

그 이후 유천은 반군 두 명을 말 그대로 아주 짓뭉갰다. 사람을 악랄하게 고문하며 다뤘던 자들에게 인정을 베풀 이유조차 없었다.

"크으."

반군들 입에서 들릴락 말락 하게 비명이 나왔지만 유천의 발길은 참으로 바빴다.

퍼퍽퍼퍽.

발길 하나에도 정성을 다해 질근질근 뭉갰다. 이대로 반군이 맞다 죽는다 해도 별 상관없었기에 속 시원하게 내질렀다.

급소.

인체에서 가장 고통스런 부분만 골라 두들기는 유천의 발길이 점점 리듬을 탔다. 일체의 감정 없이 반군을 매섭게 족쳤다.

머리부터 발끝까지 두들기는 유천의 발길은 아무런 감정이 없어 더욱 공포스러웠다.

설명은 길지만 반군 두 명을 거의 고깃덩어리 수준으로 만드는 데 든 시간은 고작 30여 초에 불과했다.

"으으……."

반군 두 명이 처참하게 피투성이로 변하자 유천이 그제야 발을 멈췄다.

"묻는 대로 대답해? 알았어?"

"……."

반군들이 공포 반 증오심 반의 얼굴로 유천을 바라봤다. 그런 모습에 유천은 오히려 기분이 흔쾌해졌다.

이 정도라면?

살아도 평생 기어 다녀야 했다. 반군의 반항적인 태도에 점점 시선에 힘이 들어가던 유천이 냉정한 표정으로 웃었다.

"시키는 대로 할 수 있어?"

"너, 넌… 누구… 냐?"

독이 잔뜩 오른 반군의 반문이 들리자 유천의 눈빛이 슬쩍 빛났다.

"이거 상황 파악이 영 안 되나 보네."

"무슨 소… 리냐?"

심상찮은 예감에 반군 한 명이 말하는 순간이었다. 유천은 말없이 반군 한 명의 목을 거칠게 비틀었다.

뚝.

반군은 비명 소리조차 내지 못한 채 죽었다.

유천은 아무 표정 없이 남은 반군에게 으스스하게 말했다.

"입이 두 개일 필요는 없지."

"으으……."

공포에 질린 반군이 온몸을 부르르 떨었다. 아니, 그 정도가 아니라 어느새 바지춤이 축축하게 젖어든 모양이었다.

유천이 천천히 반군에게 다가섰다.

"이제 말할 준비됐어?"

"뭐든지… 요."

두려움에 벌벌 떨며 반군이 대답하자 유천은 만족스런 미소를 지으며 물었다.

"우리가 떠나기 좋은 방향이 어디야?"

"부, 북쪽입니다. 그쪽은 우리도 꺼리는 곳입니다."

"이유는?"

"독충이 유난히 많고 맹수도 종종 나타납니다."

"저분 누가 고문했어?"

뚱딴지같은 유천의 질문에 반군이 필사적으로 대답했다.

"저, 저기 죽은 사람입니다."

"확실해?"

"……."

침묵하는 반군을 뒤로하고 유천이 고개를 돌렸다. 거기엔 김명환이 분노에 찬 시선으로 반군을 노려보고 있었다.

유천이 짤막하게 물었다.

"맞습니까?"

"아니오. 저놈이 제일……."

악에 바친 김명환의 대답에 유천이 잔인하게 웃었다.

"너라잖아?"

"제, 제발."

반군이 싹싹 빌었으나 유천은 전혀 개의치 않았다. 가볍게 다가서 반군의 목을 잡았다.

"사, 살려……."

반군은 필사적으로 도망치려 했으나 이미 녹초가 된 몸은 꿈쩍도 하지 않았다.

유천이 얼굴이 파랗게 질린 반군의 목을 살살 어루만졌다.

"어쩔까?"

"사, 살려주십시오."

"그러기엔 너무 멀리 왔어. 잘 가."

유천이 차갑게 말하고 반군의 목을 돌렸다.

뚜뚝.

반군이 잠시 원망스런 시선을 보이는가 싶더니 이내 축 늘어졌다. 유천은 피식 웃으며 한마디 했다.

"어따 대고 그런 눈빛을."

유천은 애초부터 살려줄 생각이 전혀 없었다. 살려준다면 자신의 행적은 물론 복수심에 불타 총을 들고 달려들게 분명했다.

귀찮기도 하거니와 적에게 베풀 관용은 전혀 없었다.

지켜보던 김명환조차 놀라며 말했다.

"냉정하시군… 요."

"뒤통수 근질거리는 건 질색이라서요."

"하긴."

김명환도 유천의 입장을 이해한 듯했다. 유천은 천천히 허리를 펴며 일어섰다.

"조금 시원하십니까?"

"아주요."

김명환이 고문으로 이가 빠진 모습으로 환하게 웃었다. 그 모습에 유천이 한마디 했다.

"임플란트 하셔야겠네요."

"지금 농담이 나옵니까? 밖에 우글거리는 반군들은 어쩌시려고요? 인질이라도 삼으면 낫지 않을까요?"

김명환의 물음을 유천이 간단하게 끊었다.

"거친 밀림을 가려면 거추장스러울 뿐입니다."

"그럼?"

"한국으로 돌아갑시다."

유천은 전혀 망설임이 없었다. 그제야 약간이나마 정신이 든 김명환이 놀라 유천에게 말했다.

"누가 보냈습니까?"

"주돈수 회장이 보냈습니다."

"주돈수 회장이? 허허."

김명환의 입에서 분노 서린 살벌한 웃음이 터져 나왔다. 순간적으로 유천은 고개를 갸웃거렸다.

"뭐가 잘못됐습니까?"

"한참 잘못되었지. 그가 날 죽이라고 했나?"

뚱딴지같은 김명환의 목소리에 유천이 고개를 갸웃거렸다. 어느새 김명환의 눈에선 강한 분노와 좌절이 풍겨 나왔다. 거기다 말투도 거칠어진 후였다.

"그게 무슨 소리입니까?"

"주돈수 회장이 보냈으면 날 죽이러 온 거 아닌가. 그런데 왜 이렇게 애써 구출하지? 그냥 쏴 죽이면 될 텐데."

비아냥거리는 김명환의 말에 유천이 싱긋 웃었다.

"전 당신을 죽이러 온 게 아닙니다. 살리러 왔지."

"훗. 그 말을 내가 믿으라고?"

"잠깐만요."

유천은 더 이상 김명환과 말을 하지 않았다. 대신 유천은 일 초도 안 되는 시간에 그가 말한 의미를 깨달았다.

유천은 조금 귀찮았지만 한마디만 꺼냈다.

"저는 주돈수 회장이 어떤 인물인지 모릅니다."

"그래서?"

"내가 아는 건 당신을 구출해야 한단 것뿐입니다."

유천의 날카로운 말에 김명환의 얼굴에 희망이 돋았다.

"…진심입니까?"

"그럼 그냥 갈까요?"

유천이 강수를 던지자 김명환이 잠시 고민하는가 싶더니만 허탈하게 웃었다.

"죽이면 죽고 살리면 고마운 일이지."

"입씨름할 생각 없습니다. 따라올 겁니까? 아니면 그냥 있을 겁니까?"

"갑시다. 나중에 죽더라도 여기선 나갈 겁니다."

다시 말을 올린 김명환의 안색이 체념으로 물들었다. 다만 고문은 지겨운 모양이었다. 유천은 슬쩍 걱정이 돼 조심스레 물었다.

"몸은 견딜 만합니까?"

"걷지를……."

김명환이 미안한 듯 말하자 유천이 성큼성큼 다가와 대검으로 손을 옥조인 밧줄을 서둘러 풀었다. 그다음 유천이 그를 번쩍 들어 어깨에 걸쳤다.

"됐습니까?"

"제가 무거워서……."

"고문당하시느라 살이 많이 빠지셨네요."

"……."

김명환이 침묵하자 유천은 빠르게 움직였다.

묶였던 손이 아팠던지 김명환이 인상을 구겼다. 잠깐 김명환의 몸을 확인한 후 유천은 신속히 다음 계획대로 움직였다.

"잠시만요."

"어딜 가시려고요?"

유천은 대답 대신 초막 출입구를 살짝 열었다. 아무런 움직임이 없자 신속하게 김명환에게 다가섰다.

슥슥.

유천은 곧장 김명환을 등에 업고 밧줄로 그와 자신의 몸을 묶었다.

김명환을 안고 나가면 총을 쏠 수 없어 무방비 상태가 되기 때문이다.

"절대 입 열면 안 됩니다."

"어디로 가는 겁니까?"

"집에 가야지요."

유천은 다시 한 번 밖을 바라보며 반군들의 동태를 살폈다. 다행히 가까이 있는 반군들은 없기에 유천은 밀림 쪽을 주시했다.

시선에 들어오는 건 세 명뿐이다. 혹시 모를 적의 기습을 막기 위해 세워놓은 경계병이 분명했다.

유천의 눈빛이 차갑게 빛났다.

밀림 근처에서 움직이는 반군들만 피한다면 탈출은 그리 어려워 보이지 않았다.

하지만 곧 유천의 머릿속이 복잡해졌다.

탈출 후 발견되는 데는 얼마나 걸릴까?

교대 시간까지 앞으로 한 시간은 충분했다.

그렇다면 반군들이 교대하기 전에 구출조가 들이닥칠 건 분명했다.

유천은 한 가지 생각에만 집중했다.

어차피 구할 사람이다.

김명환의 말이 맞다면 구출조가 의심스러웠다. 뭔가 찝찝한 바에는 자신이 먼저 구하는 게 상책이었다.

유천은 빠르게 움직이며 밀림 쪽으로 다가갔다. 서성이던 반군과 거리를 좁히자 밀림 쪽에 서 있는 경비병을 향해 총을 쏘았다.

푸슝!

소음총 소리와 함께 반군이 몸을 비틀며 쓰러졌다. 일격에 급소를 맞은 탓인지 끽소리조차 못하고 저승길로 직행했다.

유천의 시선은 이미 다른 쪽으로 향했다. 불과 오십여 미터 앞에 또 다른 반군 두 명이 서성이는 걸 진작에 봤던 탓이다.

푸슝.

망설임이라곤 전혀 없는 정확한 사격 실력에 두 사람은 미처 총도 들이대지 못하고 죽어갔다.

싸움터에선 선공이 제일이란 사실이 유감없이 드러난 대

목이다.

　더 이상 앞에 보이는 반군이 없자 유천은 그 길로 바로 밀림 속으로 들어갔다. 그러나 그길로 탈출로를 잡지 않았다.

　등에 업힌 김명환이 의아한지 물었다.

　"뭐하십니까?"

　"알아볼 일이 있어서요."

　유천은 짤막하게 대답할 뿐이다.

　척!

　시계를 보니 구출조가 도착하기 불과 몇 분 전.

　유천의 감각에 뭔가 잡혔다.

　여기저기서 움직이는 구출조의 기척이 있었기 때문이다. 조용히 그들을 노려보던 유천은 바로 휴대폰을 꺼내 들었다.

　"저 자식들이 어찌하나 봅시다."

　유천은 살기등등한 얼굴로 사람의 그림자가 보이는 곳을 노려봤다. 김명환의 말대로라면 저들은 자신들을 죽이기 위해 온 자들이다.

　촤르륵!

　유천이 어느새 휴대폰을 꺼낸 후 동영상 모드로 촬영을 시작했다.

　그렇게 기다린 지 불과 몇 분 지나지 않아 반군 진지에 변화가 생겼다.

어둠 속에서 여러 명이 움직이며 사격하는 광경이 고스란히 시야에 들어왔다. 물론 그 장면은 그대로 휴대폰에 촬영되었다.

푸슝푸슝!

반군들을 사살하는 구출조의 총 솜씨는 보통이 아니었다. 고도로 숙달된 사격솜씨 앞에 앞을 막아서는 반군들이 죽어 갔다.

"크악."

드디어 첫 비명이 터졌다.

"적이다!"

"어서!"

소란을 눈치챈 반군들의 고함 소리가 들렸다.

구출조들은 눈앞에서 거치적거린 반군을 제압하며 빠르게 초막 300미터까지 접근했다. 총탄이 간간이 초막 안을 꿰뚫었다.

너무도 무시무시한 방법이다.

만약 김명환이 초막에 있었다면 바로 사살될지도 몰랐다.

"구출이 맞나?"

유천이 고개를 갸웃거리는 순간이다.

푸슝!

구출조 한 명이 발사한 화염이 초막으로 날아갔다.

콰앙!

폭음과 함께 초막이 화염에 휩싸이며 그대로 불타올랐다.

"저런 미친!"

유천은 그제야 김명환의 말이 맞단 걸 알았다. 구출조는 김명환을 구하러 온 것이 아니었다.

오히려 죽이러 온 것이었다.

더군다나 그들 중 한국인은 단 한 명도 없어 보였다. 보나마나 돈에 팔려 온 히트맨들이 분명했다. 유천의 눈에서 섬뜩한 광채가 번뜩였다.

"저런 튀겨죽일 놈들이."

유천의 눈이 살기로 번들거렸다.

자신을 죽이려는 자들에게 정겨운 미소를 보낼 리 없다.

김명환이 초조하게 물었다.

"이제 어쩔 겁니까?"

"적이네요."

"네?"

"적은 제거해야지요."

간단한 유천의 논리였다.

그러나 소름 끼치는 단어이기도 했다. 김명환이 멍하니 그를 바라보는 순간 유천은 이미 행동을 개시했다.

"개새끼들."

유천은 그 생각이 들자마자 바로 총을 들고 영점 조준을 시작했다.

렌즈 안에 구출조 한 명이 정확히 잡히자 유천은 망설임없이 방아쇠를 당겼다.

푸슝!

구출조 한 명이 가슴을 부여잡고 땅에 쓰러졌다.

"어디야?"

"좌측 밀림."

놀란 구출조 요원들이 총구를 사방으로 겨눴다. 그 짧은 시간에 사격 위치를 찾는 걸 보니 전문가들이 분명했다.

"그래 봐야 죽어."

비릿한 미소를 지은 유천의 총구가 연이어 단발 사격으로 불을 뿜었다. 짧은 시간에 이미 다른 구출조 요원의 심장을 냉정하게 겨눴다.

구출조 두 명이 바로 몸을 비틀며 쓰러졌다.

"도대체 어디야!"

나머지 두 명이 놀란 모습으로 사방을 경계하는 순간, 유천의 증오 어린 손길이 다시 한 번 쏟아졌다.

퓨슝! 퓨슝!

유천의 총성에 따라 두 명이 쓰러져 갔다.

일발 명중.

유천의 사격 솜씨는 여전했다.

결국 구출조가 모두 죽은 것을 몇 번이고 확인한 유천이 뒤로 고개를 돌렸다.

"뭔가 잘못된 거 같군요."

"다, 당신은?"

"처음에 이야기하지 않았습니까. 구하러 온 사람이라고. 자, 갑시다. 이제 반군의 추격이 시작될 겁니다."

유천은 바로 몸을 돌려 움직이기 시작했다.

김명환을 업고 손에 총을 든 채 유천이 밀림 쪽으로 움직였다.

턱턱.

그러나 유천은 곧바로 밀림으로 들어가지 않았다. 외려 반군 진지 쪽으로 총을 겨눈 채 노려보는 유천의 눈동자가 빛났다. 등에 업힌 김명환은 애간장이 다 녹을 지경이었다.

"안 가십니까?"

"아직 때가 아닙니다."

"그게 무슨 소리입니까? 조금 있으면 반군들이 몰려올 겁니다."

유천은 귀찮다는 듯이 더 이상 입을 열지 않았다. 김명환은 조금 민망한 기분이었지만 궁금증을 이기지 못해 다시 물었다.

"무슨 일이 있습니까?"

"분명히 배후 지원조가 있을 겁니다."

"배후 지원조라니요?"

"보통 이런 구출작전에는 공격조와 배후 지원조가 있게 마련입니다. 분명히 있습니다."

유천은 거의 확신했다.

자신이 군과 외인부대에서 겪었던 경험상 확실한 일이었다. 유천이 노려보는 사이 곧바로 움직임이 느껴졌다.

"저기군."

맞은편 밀림에서 아주 조심스런 움직임이 보였다. 유천은 지그시 숨을 참고 그쪽을 노려보았다.

어차피 여기에 친구는 없다.

모두 적이라는 생각에 유천은 제일 먼저 눈에 띄는 한 사람을 망원렌즈에 조준했다. 거리가 멀어 흐릿했지만 사격엔 지장이 없을 정도였다.

조준하는 순간 이미 방아쇠가 당겨졌다.

푸슝!

빛을 뿜으며 총구에서 총알이 빠르게 쏘아졌다. 이윽고 망원렌즈 속에 한 남자가 비틀거리며 쓰러지는 모습이 보였다. 유천은 반사적으로 김명환에게 소리쳤다.

"고개 숙여요!"

김명환은 그 말을 듣자마자 고개를 바짝 유천의 등에 붙였다.

파바바박!

유천이 고개를 숙이자 곧바로 탄환이 앞에 있는 흙 언덕을 강타했다. 유천은 그 와중에도 총탄수를 세고 있었다.

모두 4발.

"적은 다섯이었군."

한 명이 죽었으니 계산도 편했다. 유천은 판단을 내리자마자 바로 옆으로 자리를 이동한 후 조준했다.

퓨슝! 퓨슝!

두 번의 총성이 들렸다. 이미 오랜 경험과 능력으로 유천의 사격실력은 보통 사람의 수준을 훨씬 뛰어넘었다.

어떠한 자세에서도 흔들림 없이 쏠 수 있는 능력을 갖춘 셈이다.

순간 두 명이 쓰러졌다.

이제 남은 것은 둘.

유천의 안색이 순간적으로 변했다.

유천은 업혀 있던 김명환을 붙잡고 반대쪽으로 최대한 빨리 몸을 날렸다.

콰쾅!

폭음이 들리며 유천이 있던 자리에 불꽃이 번쩍였다. 어느새 커다란 웅덩이마저 파여 위력을 실감케 했다.

유탄발사기.

적은 유탄발사기로 유천의 생명을 노렸다. 동료의 죽음에 악이 잔뜩 바친 모양이었다.

유천은 싱긋 웃으며 말했다.

"지랄하세요."

그 와중에도 여유를 보인 유천은 반군 진지를 살펴보았다. 반군 진지에서는 반군들이 웃기는 모습을 하고 있었다. 모두 은폐물 뒤에 몸을 숙인 채 꼼짝도 하지 않았다.

"큭!"

당연한 일이었다. 실탄이 빗발치는 이런 전투는 공포 그 자체였다.

사람이 전쟁터에 나가도 특별한 일이 없으면 총을 들고 조준사격하기란 쉽지 않았다.

오랜 맹훈련을 거친 사람만이 할 수 있는 일이었다.

생각도 잠시, 유천은 적의 흔적을 찾았다.

"없네."

적은 어느새 은폐했는지 아무런 흔적이 없었다. 유천은 곧바로 또 자세를 옮겼다.

콰앙!

또 한 번의 폭음이 쏟아졌다. 유천은 그 순간을 놓치지 않고 곧바로 소음기를 뺀 채 자동으로 소총을 사정없이 긁어댔다.

두두두두!

적이 있는 곳에 총탄이 빗발치듯 쏟아졌다. 마구잡이가 아닌 불꽃이 보인 곳을 향한 정확한 조준사격이었다.

철컥.

유천은 번개 같은 동작으로 탄창을 갈아 끼우더니 다시 한번 자동으로 갈겼다. 그렇게 세 번을 갈겨대자 마침내 적의 움직임이 없었다.

"후, 끝났나?"

유천은 망원렌즈로 자세히 살펴보았다. 어둠 속이지만 적외선 망원경 속에 아무렇게 널브러진 두 명의 시체가 보였다.

"끝났군."

그때서야 안도의 한숨을 쉰 유천이 이번에는 반군 기지를 향해 자동으로 긁어댔다.

투투투투!

총소리가 요란하게 울려 퍼졌다. 반군이 숨어 있는 쪽에 총탄이 쏟아지자 비명 소리가 들렸다.

"끄아악~"

그리곤 잠시 침묵이 흘렀다.

유천은 길게 숨을 내쉬며 시선을 돌렸다. 그때 반군 한 명이 두리번거리며 몸을 일으키는 모습이 보였다.

탕!

유천의 방아쇠가 당겨졌다.

반군은 마치 춤이라도 추듯이 몸을 비틀더니 땅에 쓰러졌다. 한 사람의 죽음은 다른 반군들을 잔뜩 얼어붙게 만들었다.

유천은 냉정했다.

머리가 보인 반군에겐 여지없이 총알세례를 퍼부었다.

"아악!"

서너 번의 비명 소리가 들린 후에야 유천은 천천히 김명환에게 말했다.

"자, 청소 끝이네요."

"이제 가는 겁니까?"

"그럼요."

"반군들이 안 쫓아올까요?"

"저놈들도 목숨 아까운 건 압니다."

유천의 생각 그대로였다. 유천이 움직인 다음 그의 뒤를 쫓을 엄두를 낸 사람은 단 한 명도 없었다.

죄다 은폐물이나 엄폐물에 몸을 숨긴 채 덜덜 떨고 있을 뿐이었다.

2장

음모의 이유

　유천은 그길로 밀림을 소리 없이 파고들었다. 등에 업은 김명환이 조금 성가셨지만 이동엔 별 이상이 없었다.

　상처투성이 된 한 사람을 등에 업고 길도 없는 밀림을 헤치는 일은 쉬운 일이 아니었다.

　그러나 평소 체력이 강한데다 능력까지 얻어 더욱 강해진 유천에게는 별다른 장애요인이 되지 않았다.

　다만 뒤에서 혹시 추격해 올 반군들을 의식해 끊임없이 밀림을 헤칠 뿐이다.

　처음에는 뒤에서 쫓아오는 발걸음 소리가 들렸으나 이내

잠잠해졌다.

그들도 사람인 이상 위험으로 득실거리는 밀림 안으로 들어오긴 꺼림칙한 모양이었다.

김명환이 미안한 듯 말했다.

"죄송합니다. 몸이 이 꼴이라서."

"다행히 제가 한 힘 합니다."

유천이 가볍게 위로했다.

그렇게 오 분여를 움직이던 유천의 감각에 불길함이 느껴졌다. 처음엔 기우려니 했지만 점점 더 확신으로 다가섰다.

"음."

유천이 눈빛을 번뜩이며 김명환에게 말했다.

"추적자가 있습니다."

"아니, 이 밀림에요?"

놀란 김명환에게 유천이 천천히 설명했다.

"아직 누군지 모르지만 분명히 쫓아오는 놈들이 있습니다."

"많습니까?"

두려움을 숨기지 못한 김명환의 말에 유천이 거짓말을 했다.

"한 명이네요."

"휴우. 그나마 다행이네요."

안도하는 김명환을 보며 유천이 속으로 중얼거렸다.

'좀 많네.'

그러나 김명환에게 사실대로 말해주긴 어려웠다. 가뜩이나 고문의 후유증으로 공포에 시달리는 사람이다.

이럴 땐 안심시키는 것이 최상이다.

유천은 이미 판단을 내렸다. 혼자가 아니라 부상자, 그것도 심한 상태인 김명환을 데리고 피한다는 건 불가능이다.

그렇다면?

정면돌파가 상책이었다.

판단이 선 유천이 김명환에게 넌지시 이야기했다.

"이쯤에서 적을 해치워야겠습니다."

"자신 있으십니까?"

"자신 없으면 죽으란 말입니까?"

"……."

유천의 말에 새파랗게 질린 채 말문을 닫은 김명환이 덜덜 떨었다. 유천은 부드럽게 김명환의 팔목을 두드리며 말했다.

"농담입니다."

"그럼?"

"스스로 원하지 않는 이상 절 건드릴 놈은 없습니다."

유천이 강한 자신감을 넘어 신념을 보였다.

유천은 주위를 살폈다. 그나마 안전한 곳은 나무 위뿐이었다.

영차.

유천이 김명환을 업은 채 높은 나무를 기어올랐다. 김명환이 미안한 듯 말했다.

"땅바닥도 좋습니다."

"위험합니다."

"괜찮습니다."

"독사나 맹수가 눈이 삐어서 그냥 지나갈까요?"

"……."

김명환이 침묵하는 사이 유천은 어느새 굵은 가지 위에 우뚝 섰다.

"여기서 버틸 수 있겠습니까?"

"해보겠습니다."

김명환이 바로 대답했으나 유천이 보기엔 어려운 일이다. 고문으로 만신창이가 된 체력으로 나뭇가지를 잡을 힘도 없어 보였다.

유천은 넝쿨을 손에 잡고 북 뜯었다. 그나마 굵은 넝쿨을 김명환의 몸에 둘둘 말았다.

해놓고 보니 억지로 떨어지려고 발버둥 치지 않은 이상 안전해 보였다.

"이 정도면 그냥 쉬셔도 될 겁니다."

"너무 고생하시네요."

"이 정도야."

"죄송합니다. 그래도 살고 싶습니다."

"하하. 솔직해서 좋습니다."

유천이 마음이 동해 흔쾌하게 웃었다. 만약 김명환이 놓고 가란 객기를 부렸으면 정말 분노했을지도 몰랐다.

사람은 누구나 자기 목숨이 세상에서 가장 중요했다.

"그럼 다녀오겠습니다."

"강한 놈인가요?"

"글쎄요."

유천이 알 듯 말 듯한 대답을 한 후 나무를 타고 내려갔다.

주변을 둘러보다 그나마 적당한 길목에 몸을 숨긴 유천이 천천히 소총과 대검을 어루만지며 비릿하게 웃었다.

"공포가 뭔지 신물 나게 보여주지."

이젠 한 가지 바람밖에 없었다. 적이 얼른 나타나 해치우고 사라지는 것.

유천이 바라는 최상의 시나리오였다.

천천히 다가오는 적을 기다리던 유천의 안색이 급변했다.

"아차."

적의 흔적이 보이지 않았다. 아무리 귀를 기울였지만 흔적 조차 찾기 힘들었다.

유천은 정신이 번쩍 났다.

"밀림을 아는 놈이야."

밀림의 흔들리는 바람 소리에 따라 자신의 움직임을 지울 수 있는 놈이다. 그 생각이 들자 유천은 머리털이 쭈뼛 섰다.

상대는 밀림을 잘 알지만 자신은 아직 서툴렀다. 그런 치명적인 단점을 깨달은 유천이 곧장 온몸의 근육을 팽팽히 당겼다.

생각과 동시에 유천은 몸을 옆으로 움직였다.

그 순간이었다.

쌔애액!

날카로운 파공성과 함께 무언가가 날아왔다.

픽!

바로 유천이 있는 자리에 꽂힌 건 화살이었다. 화살촉이 시퍼렇게 물든 걸 봐서 독화살이 분명했다.

몸에 스치기만 해도 치명상을 입을 건 확실했다. 유천은 이마에 땀방울이 하나 느는 것을 느꼈다.

"경솔했어."

유천은 상대에 대한 자만심을 버리고 긴장의 끈을 조였다.

소총을 쓰는 것은 위험했다. 밀림에서는 장애물이 많아 총을 들고 사격하는 데 무리가 따랐다.

"그렇다면 같은 무기로 상대해 주지."

유천이 손에 대검을 거꾸로 쥐었다.

여차하면 날릴 자세로 팽팽한 긴장감을 유지했다. 그때 유천은 섬뜩한 감각에 자신도 모르게 고개를 왼쪽으로 돌렸다.

팍!

바로 날아드는 독화살이 불과 10센티미터 사이로 유천을 스쳐 지나갔다.

"이런 개새끼."

유천은 순간 분노가 치밀어 올랐다.

지금까지 신중한 자세를 버리고 유천은 자신의 반사 신경을 믿고 움직였다.

퍽!

빠르게 화살이 날아오는 쪽으로 거리를 좁혀가는 유천의 발걸음이 날렵하고도 경쾌했다.

쉬익!

바로 날아오는 화살의 방향을 따라 유천은 슬쩍슬쩍 몸을 돌렸다. 화살은 유천의 몸 근처를 스쳐 지나갔지만 맞진 않았다.

그 순간이었다.

쌔애액! 쌔애액!

소리가 크게 들리자 유천은 바로 몸을 뒹굴었다. 그러자 화살이 유천의 옆으로 스쳤다.

파박!

이번에는 두 대의 화살이 연달아 날아왔다.

"대단한 놈이군."

화살을 장전하자마자 쏜다는 것은 쉽지 않다. 왜냐하면 인간의 반사신경은 그리 훌륭하지 않기 때문이다.

유천은 생각과 동시에 대검을 집어 던졌다.

쉬이익!

날아간 대검은 정확히 화살이 날아온 방향과 일치했다.

픽!

"커헉!"

무언가 부딪치는 소리와 함께 짧은 비명 소리가 들렸다.

"음!"

유천은 기회를 놓치지 않고 날쌔게 거리를 좁혀갔다. 눈앞에는 시꺼먼 몸을 가진 한 남자가 당황한 듯 급히 몸을 빼는 모습이 보였다.

유천은 남아 있는 한 개의 대검을 그대로 집어 던졌다.

딱!

뒤통수에 맞자마자 흑인이 그대로 땅에 쓰러졌다.

쿵!

"후우."

유천은 그제야 길게 한숨을 몰아쉬었다.

"보통 놈이 아니네."

고개를 절레절레 흔들며 다가가 기절한 흑인의 얼굴을 보자 유천이 경악했다.

"뭐야."

유천의 상상과는 전혀 다른 모습이었다.

앳된 얼굴. 아무리 나이를 많게 봐줘도 스무 살은 절대 되지 않은 얼굴이었다.

"뭐 이런 놈이 다 있어?"

유천은 어이없다는 듯이 웃고 말았다.

아차하면 자신의 목숨을 앗아갈 놈치고는 너무도 어렸다. 유천은 팔짱을 끼고 가만히 흑인 소년을 봤다.

전이라면 그냥 가볍게 목을 꺾어 죽여 버리면 그만이었다. 하지만 유천은 무언가 진한 호기심을 느꼈다.

강자는 강자를 알아본다고 그럴까? 왠지 흑인 소년이 가진 재주가 아깝게만 느껴졌다.

"미친 거지."

자신의 목숨을 노리는 자에게 호기심을 느끼는 건 금기 중에 금기였다. 그러나 유천은 이미 제압된 상대를 보고 약간의 여유를 가졌다.

슥슥.

유천은 소년의 몸을 미리 준비한 밧줄로 꽁꽁 묶었다.

얇은 밧줄이지만 특수 제작된 것이라 일단 묶으면 아무리 힘이 장사라도 꼼짝할 수 없는 물건이었다.

작업을 마치고 묵묵히 바라보던 유천이 흑인 소년을 등에 메고 걸음을 옮겼다.

"잡아오신 겁니까?"

김명환이 놀라 묻자 유천이 얼른 나무 위로 올라가 그를 풀어주고 난 후 대답했다.

"좀 어리더군요."

그제야 소년의 얼굴을 본 김명환도 당황스러운 표정이었다.

"아니, 10대 소년 아닙니까."

"제 말이 그 말입니다. 일단 알아볼 게 있어서요. 통역을 좀 해주셔야겠습니다."

"그거야 어렵지 않죠."

김명환이 대답하자 유천이 흑인 소년을 거칠게 땅에 패대기쳤다.

쿵!

"윽!"

충격에 눈을 뜬 흑인 소년이 벌떡 일어서다 묶인 몸을 보고 절망스러운 표정을 지었다.

유천은 김명환에게 눈짓했다. 김명환이 소년에게 다가가

유천의 말을 통역했다.

"왜 나를 죽이려고 했지?"

"돈을 받았다. 대가를 지불해야지."

당당한 흑인 소년의 말에 유천은 호기심이 더욱 강해졌다.

"아직 어린 나인데 돈이 그렇게 필요했나?"

"돈이 없으면 우리 식구는 굶어죽는다."

"넌 누구야?"

"난 이쪽 원주민 추장 아들이다."

흑인 소년은 뻣뻣하게 나왔다.

보통 소년이라면 이런 상황에 기가 죽게 마련이었다. 하지만 더욱 눈빛을 빛내는 걸 본 유천이 혀를 내둘렀다.

'어린놈 맞아?'

내심을 감추며 조용히 말했다.

"도대체 나를 죽이고 받은 대가가 얼마지?"

"100달러다."

"야이, 개새끼야. 내가 100달러짜리로 보여?"

유천이 거칠게 목소리를 높였다. 그 모습을 본 김명환이 쩔쩔매며 말했다.

"목소리를 낮추시죠."

"지금 낮추게 생겼습니까? 저 개새끼가 지금 100달러라고 하지 않습니까."

분노가 치민 유천에게 김명환이 말했다.

"100달러면 큰돈입니다."

"고작해야 10만 원 정도 아닙니까."

"이곳에서 100달러면 네 식구가 한 달 동안 먹고살 식량을 마련할 수 있는 돈입니다."

김명환의 설명에 유천이 이해한 듯 고개를 끄덕였다. 잠시 호흡을 가다듬은 유천이 소년에게 다시 물었다.

"다른 거 할 일은 없나?"

"일자리가 없다."

"그러면 이 짓 하다가 이렇게 죽을 줄은 몰랐나?"

"밀림에서 나보다 강한 사람은 없었다. 네가 처음이다.

"영광이네. 이 개새끼."

유천이 투덜거리자 김명환이 서둘러 말했다.

"어서 말하시죠."

"그럴까요?"

유천은 다시 한 번 소년을 쳐다봤다.

'눈빛이 좋아.'

강한 눈빛이 뭔가를 이룰 놈처럼 보였다. 유천은 여기서 소년을 죽이는 것이 그다지 내키지 않았다.

그러자 유천은 눈빛을 가라앉으며 김명환에게 말했다.

"저 친구 어떻습니까?"

"무슨 말씀이신지."

"보통 놈이 아닙니다. 경호하는 놈으로 데리고 다니면 딱 적당할 거 같은데요."

"거칠지 않습니까?"

"그건 지금부터 순화시키면 되죠."

유천은 말과 동시에 대검으로 소년의 밧줄을 풀었다. 몸이 자유로워지자 소년이 벌떡 일어섰다.

유천은 소년에게 말했다.

"맨몸으로 붙어보지."

소년은 기회를 틈타 번개같이 유천에게 덤벼들었다. 유천은 덤벼오는 소년의 손을 잡고 그대로 비틀었다.

"악!"

비명을 지르는 순간 유천이 소년의 몸을 번쩍 들어 땅에다 패대기쳤다.

쾅!

단 일격에 소년은 전의를 상실하고 땅에 널브러졌다. 유천은 소년에게 다가가 한마디 했다.

"사람을 죽이려는 건 쉬운 게 아니야. 어린 새끼가."

"죽여라."

"죽이진 않아."

유천이 주머니에서 200달러를 꺼내 소년의 손에 쥐어줬다.

소년이 독기 서린 눈으로 차갑게 물었다.

"왜 이걸 내게 주지?"

"내 목숨값의 두 배다. 이거 가지고 식구들 먹여 살려."

소년이 멍한 표정으로 유천을 바라봤다.

"왜 이러지?"

"네 눈빛이 아까워서."

"……."

소년이 침묵하는 사이 유천이 한마디 했다.

"그렇다고 네 행동이 합당하는 건 아니야, 죄는 받아야지."

유천은 소년에게 다가가 가볍게 팔을 꺾었다.

딱!

"으윽!"

비명 소리와 함께 소년의 왼팔이 부러져 덜렁거렸다. 유천은 무표정하게 배낭에서 압박 붕대를 꺼내 소년의 부러진 팔에 퉁퉁 감아줬다.

"그리고 이건 치료비."

유천이 품에서 집히는 대로 달러를 소년의 주머니에 구겨넣어줬다.

소년은 눈살을 찌푸리면서도 한마디 했다.

"이걸 고맙다고 말해야 하나?"

"아니, 그럴 필요는 없어. 하나만 묻지. 돈을 벌고 싶나?"

"벌고 싶다."

"그렇다면 저 사람하고 일하는 게 어때?"

유천이 김명환을 가리키자 소년은 망설임없이 고개를 끄덕였다.

"돈만 준다면."

소년의 기세는 아까와는 달리 많이 꺾여 있었다.

돈도 돈이지만 단 일격에 유천에게 제압된 터라 유천에 대한 두려움을 조금 느끼는 모양이었다.

유천은 그제야 김명환에게 말했다.

"잠시 자리를 피할 테니까 저 친구랑 이야기를 나눠 보세요."

"무슨 이야기 말입니까?"

"사는 곳. 그리고 어떻게 만날 것을 약속하십시오."

"그럼 정말 경호원으로."

"저 정도면 훌륭합니다."

"아니, 일격에 당했잖습니까."

김명환이 묻자 유천이 싱긋 웃었다.

"저한테 일격에 안 당할 인간들 별로 없습니다."

그 말에 공감한 김명환이 고개를 끄덕이자 유천은 자리에서 멀어졌다.

얼마 후 돌아온 유천에게 김명환이 다가섰다.

"약속 다 받아놨습니다."

"그럼 보내야죠."

유천은 소년에게 다가섰다.

"가."

소년은 유천을 바라보며 말했다.

"고맙다."

"뭐가. 팔 부러뜨려줘서?"

"아니, 돈을 줘서."

"빨리 가서 치료해."

소년은 살짝 고개를 숙였다. 소년으로서는 최고의 예의이기도 했다. 추장의 아들인 그는 남에게 함부로 고개를 숙여본적이 없었다.

소년은 다시 한 번 두 사람을 바라보다 이내 밀림 속으로사라져 갔다.

잠시 시차를 두고 유천이 총을 들고 다시 뒤를 따라갔다.

"어디 가십니까?"

"잠시만요."

유천은 곧바로 밀림 속으로 사라졌다.

얼마 후 돌아온 유천이 터덜터덜 걸어오자 김명환이 얼른다가섰다.

"어디 갔다 오십니까?"

"그 녀석이 어디로 갔나 봤죠."

"그게 무슨 말입니까?"

"만약 반군 쪽으로 간다면 제거해야죠."

냉정한 유천의 말에 김명환도 어느 정도 적응이 된 듯싶었다.

유천은 싱긋 웃으며 김명환에게 말했다.

"이제 조금 안심이 되는군요. 괜찮은 경호원 두시겠습니다. 그것도 싼값에."

유천의 말에 김명환이 빙그레 웃었다. 추적자를 모두 해치운 유천은 그제야 안도하며 김명환에게 말했다.

"좀 천천히 가도 되겠습니다."

"살려주서서 감사합니다. 한데 정말 주돈수 회장이 보냈습니까?"

"그 자식이 저도 죽이려고 했습니다."

유천의 섬뜩한 말에 김명환의 목소리가 조금은 밝아진 느낌이다.

"그쪽도 당할 뻔했군요. 악랄한 자식."

"일단 이곳을 벗어나서 얘기합시다. 아직까지는 위험합니다."

유천은 밀림을 헤치고 또 헤쳐 한참을 걸었다.

새벽이 밝아서야 조그마한 초원 위에 두 사람은 자리했다. 유천은 제일 먼저 수통을 열어 물부터 권했다.

"자, 물 좀 드시죠."

"감사합니다."

벌컥벌컥 물을 마신 김명환이 유천에게 수통을 건네줬다.

"너무 많이 마신 거 같습니다."

"갈증이 많이 나셨나 봅니다."

밀림에선 물이 보물이었지만 유천은 최대한 김명환을 배려했다. 자신이 인정하는 배짱을 지닌 남자에 대한 존중이었다.

김명환은 좀 숨을 돌린 듯 유천을 똑바로 바라봤다.

"그보다 어떻게 이 일을 맡으셨습니까?"

"어쩌다 보니 이리됐습니다. 아참, 패기 있게 방송한 거 잘 봤습니다."

"허허, 여유 있는 친구군요. 제 질문에 대답은 안 했습니다."

"실은……."

유천이 주돈수 회장과 있었던 일을 세세히 털어놓자 김명환이 고개를 끄덕였다.

"멋지게 당할 뻔했군요."

"그런데 도대체 이게 어떻게 된 겁니까?"

"음. 이제 와서 뭘 숨기겠습니까? 실은 저는 대진그룹 소속이 아닙니다."

"아니, 주 회장은 상사원이라고 하던데."

"그건 외부에 알려진 이야기죠. 독립채산제 회사를 운영하고 있습니다."

김명환의 말에 유천은 최근에 읽은 책의 내용을 생각해 내고는 고개를 끄덕였다.

"그러니까 협력은 하지만 따로 운영한다는 이야기죠?"

"맞습니다. 아프리카에 커다란 목장을 운영할 계획으로 합의를 했지요."

"목장이라… 그런데……."

고개를 갸우뚱거리는 유천에 김명환이 이를 갈았다.

"그런데 그 땅에 희토류가 있었습니다."

"희토류라면?!"

깜짝 놀란 유천이 소리를 지르자 김명환이 눈빛을 번뜩이며 자세히 설명했다.

"맞습니다. 반도체에 꼭 필요한 재료지요. 중국에 가장 많이 매장되어 있다는데 이쪽에서 발견됐습니다. 양도 상당하죠."

"아니, 그런데……."

"그걸 아는 사람은 저하고 주돈수 회장밖에 없습니다. 이쪽 정부에서도 모르고 있는 일이지요."

"그래서……."

유천은 주돈수 회장의 속셈이 짐작됐다.

결국 김명환만 제거한다면 모든 것이 자신의 수중에 들어온다고 생각한 게 분명했다.

그러나 유천은 한 가지 의문점을 품었다.

"그런데 이미 계약했으면 어차피 주돈수 회장과는 인연이 없는 거 아닙니까?"

"대진은 대기업입니다. 당연히 제가 죽는다면 이쪽 정부와 재협상해서 이 땅에 대한 소유권을 차지하겠죠."

"아하, 그래서……."

유천이 고개를 끄덕였다.

잠시 눈을 빛낸 김명환이 다시 입을 열었다. 아까완 달리 한결 편해진 말투다.

"그 사실을 안 주돈수 회장이 나에게 협상을 요구해 왔습니다. 얼마간의 돈을 줄 테니까 먹고 떨어지라는 얘기지요."

"거절하셨군요."

"내가 미쳤습니까? 일생일대의 기회를 잡았는데 그걸 누구 아가리에 줍니까?"

유천은 고개를 끄덕였다.

김명환 같은 배짱이라면 충분히 가능한 일이다. 그런데 유찬은 한 가지 의문점이 생각나자 천천히 물었다.

"그런데 왜 반군들한테 죽여 달라고 한 겁니까?"

"살기 위한 수단이었습니다."

"그게 무슨 말입니까?"

"반군들은 내가 자기들 뜻대로 메시지를 전달하면 바로 죽일 게 분명했지요. 내가 살려면 그들의 뜻과 반대로 해야 그나마 가능성이 있다고 생각했습니다."

"아니, 그런 무모한……."

기가 막혀하는 유천의 말에 김명환이 고개를 저었다.

"밑져야 본전이지요. 다행히 내 판단은 옳았고, 그래서 지금 살아 있는 거 아니겠습니까."

"맞는 이야기네요."

유천이 고개를 끄덕였다. 하지만 보통 사람이 그런 상황에 닥쳤을 때 김명환처럼 행동하는 건 쉬운 일이 아니었다.

김명환이 다시 생각난 듯 이를 갈았다.

"주돈수 회장, 이 인간!"

"납치한 반군이 죽이길 바란 거 아닙니까?"

"그랬지요. 하지만 주돈수 회장이 어떻게 할 수 있는 방법은 없었을 겁니다. 그들이 원하는 건 돈이 아니라 정부 전복이었습니다."

"그 덕분에 살았군요."

"맞습니다."

김명환의 말을 듣던 유천이 물었다.

"이제 어떻게 하실 겁니까?"

"당분간 숨어 있어야지요."

"희토류는 어쩌시고요?"

"지금 당장은 건드릴 수가 없습니다. 정부군과 반군의 전쟁이 끝난 후 그때 해도 늦지 않지요."

"속이 타실 텐데요."

"기다리는 건 익숙합니다."

김명환은 유천의 생각보다 훨씬 무서운 인간이었다. 그러나 유천은 그런 김명환의 성격이 마음에 쏙 들었다.

경솔하게 움직이지 않고 때를 기다리는 인내력, 그거 하나만큼은 인정해 주고 싶었다.

유천이 주머니에서 비상용 진통제를 꺼내 김명환에게 건넸다.

"드세요."

"뭡니까?"

"고통을 잠시 잊게 해줄 겁니다."

유천의 설명에 김명환이 말없이 입에 털어넣었다. 그리고 약 오 분 정도 지나자 김명환이 신기한 듯 탄성을 질렀다.

"살 만하네요."

"일시적인 겁니다. 시내로 갈 힘은 생겨야 하니깐요."

"그래도 이게 어딥니까."

김명환이 긍정적으로 말했다.

잠시 바라보던 유천이 김명환에게 말했다.

"그럼 전 이만."

"이대로 가시는 겁니까?"

깜짝 놀란 김명환이 묻자 유천이 어이없는 듯 반문했다.

"그럼 제가 뭘 더 해드려야 합니까?"

"아니, 그게⋯⋯."

말문이 막히는 듯 김명환이 주춤거리자 유천이 단호하게 이야기를 끊었다.

"저 할 일 많습니다."

"희토류가 탐나지 않습니까?"

다급함이 김명환의 얼굴에 그대로 드러났다.

이대로 유천이 간다면 자신이 앞으로 어떻게 될지는 장담할 수 없었다. 그에게는 지금 유천이 가장 큰 희망이었다.

유천은 그럼 김명환을 빤히 쳐다보며 한마디 했다.

"희토류라고 했습니까?"

"그래요. 큰돈이 될 겁니다."

"먼 미래 일은 관심 없습니다."

"아니, 그래도."

"열심히 해서 벌어야죠."

유천은 솔직하게 얘기했다. 그러자 김명환이 말했다.

"반을 드리겠습니다."

"아까 말씀드리지 않았습니까?"

유천의 머릿속은 이미 빠르게 돌아간 후였다.

3장

의기투합

　희토류가 자신의 손에 들어오려면 수많은 일이 산적할 것이 분명했다.

　그리고 기다려야만 했다.

　그 모든 걸 감수하고 아프리카에 있기에는 너무도 큰 모험이었다. 그러자 김명환이 다급한 표정으로 말했다.

　"제가 어떻게 해드리면 되겠습니까?"

　"제가 필요하십니까?"

　"간절히 필요합니다."

　김명환의 목소리에 유천의 머리가 빠르게 돌아갔다.

유천은 생각을 정리한 후 입을 열었다.

"부탁 하나만 할까요?"

"죽으라는 말 외엔 다 들어드리겠습니다."

"설마요. 애써 구하고 죽으면 열 받지요."

"하하."

김명환이 모처럼 시원하게 웃었다.

"외국과 거래하면서 돈 벌 일이 있을까요?"

"많죠."

"확률 높은 사업을 말하는 겁니다."

"그러니깐 많습니다. 단 자본이 필요합니다."

김명환의 말에 유천이 적극적으로 나왔다.

"얼마나요?"

"많으면 많을수록 좋지요."

"전 재벌이 아닙니다."

"하하. 압니다."

김명환이 미소 짓자 유천이 심각한 얼굴로 물었다.

"생각하신 건 있습니까?"

"있지만 당장 움직일 처지는 아닙니다."

김명환이 무겁게 대답했다.

유천은 김명환의 말을 단번에 알아들었다. 주돈수 회장과
얽힌 이상 그가 살아 있단 사실이 들통 나면 생명의 위험을

감수해야만 했다.

그러나 유천은 이미 다른 방도를 생각한 후였다.

"어드바이스만 해주시면 됩니다."

"직접 안 해도 된단 의미입니까?"

"그럼요."

시원스런 유천의 대답에 김명환이 흥미로운 표정을 보였다.

"그럼 합니다."

"좋습니다."

"감사합니다."

그때 유천이 김명환의 팔을 잡으며 한마디 했다.

"잠깐 한 가지 처리할 일이 더 있습니다."

"아니, 여기서 빨리 빠져나가야죠."

얼마나 시달렸던지 공포에 질린 김명환의 마음도 충분히 이해했다.

하지만 유천은 처리할 일이 더 급했다. 만약 지금 하지 않는다면 뒤가 영 간지러울 일이다. 그 마음을 담고 김명환에게 말했다.

"매사 깔끔하게 해야죠."

"……"

김명환은 더 이상 말하지 않았다.

유천의 말이 어떤 의미를 지니고 있는지 익히 짐작한 모양이었다.

유천은 그런 김명환에게 자세한 설명을 삼갔다. 공연히 김명환의 마음을 흔들 필요는 없었다. 자신 혼자 소리 없이 처리하면 될 일이었다.

유천이 김명환에게 조용히 말했다.

"여기서 잠시만 기다리시면 됩니다."

"혼자 두고 가려고요?"

"위험한 일입니다."

"……."

유천의 말에 김명환은 다시 입을 꾹 다물었다. 유천은 김명환에게 소총 한 자루를 넘겨줬다.

"군대 다녀오셨죠?"

"힘없는 집이라서요."

"적이 오면 쏴 버리십시오."

"그러겠습니다."

김명환이 총을 손에 잡자 조금은 안심된 표정이었다.

유천은 더 이상 말하지 않고 곧바로 걸음을 옮겼다.

저벅저벅.

십여 분쯤 걷자 공항에서 만난 흑인 남자와 만나기로 한 약속 장소가 보였다.

유천의 시야에 차 한 대가 보였다.

눈에 익은 차, 자신이 흑인 남자와 공항에서 타고 나온 차가 분명했다.

그런데 흑인 남자가 보이지 않았다.

"그러면 그렇지."

유천의 입가에 차가운 냉기가 서렸다. 유천은 바로 나서지 않고 주변을 면밀하게 살폈다.

얼마 후 유천은 싱긋 웃으며 두 군데를 집었다.

"둘 중에 하나야."

유천은 최대한 흔적 없이 움직이기 시작했다.

발끝에 가해지는 힘을 최대한 낮춰 소리를 죽였다.

유천은 첫 번째 지점에 도착한 후 싱긋 웃었다.

"역시."

예상했던 지점에 흑인 남자가 망원렌즈가 장착된 소총을 들고 엎드린 채 차 쪽을 겨누는 모습이 보였다.

보나마나 유천이 모습을 드러내면 저격할 속셈일 것이다.

"개새끼."

유천의 입에서 아주 작은 목소리가 나왔다.

물론 신경을 곤두세운 흑인 남자는 전혀 듣지 못할 정도의 속삭임이었다. 유천은 소리 없이 흑인 남자의 뒤로 접근했다.

얼마나 은밀하게 움직였는지 흑인 남자는 전혀 눈치채지 못한 채 망원렌즈에 눈을 갖다 대고 있었다.

바로 뒤에 선 유천은 손으로 흑인 남자의 어깨를 쳤다.

"헉!"

놀란 흑인 남자가 일어서는 순간 유천이 싱긋 웃었다.

"저격총은 들고 뭐하나?"

"음? 아니… 여긴 어떻게……."

"뭐하냐고 물었어."

"호, 혹시 적이 따라올까 봐 주변을 경계하고 있었습니다."

흑인 남자의 말을 들은 유천이 환하게 웃었다.

"고마운 일이네."

"어서 가시지요."

"그런데 내가 그 말을 믿을 거라고 생각하나?"

"……."

순간 흑인 남자의 표정이 굳어졌다. 유천은 흑인 남자에게
조용히 말했다.

"아, 물론 믿을 수도 있지. 가자고."

"이… 이쪽으로 오십시오."

흑인 남자가 최대한 침착하려 했으나 목소리가 떨리는 건
막을 수가 없었다. 유천은 흑인 남자를 앞세우고 천천히 걸었
다.

안절부절못하던 흑인 남자가 유천에게 제안했다.

"제가 뒤에서 엄호하겠습니다."

"그럴래?"

"예, 그러죠."

"그러다가 뒤에서 쏘면 어쩌지?"

"그럴 일은 없습니다."

순간 유천의 손이 흑인 남자의 목을 잡았다.

"커억!"

단 한 번에 유천에게 제압된 흑인 남자의 몸이 허공으로 붕 떴다.

한 손으로 육중한 남자의 몸무게를 감당하는 유천의 모습은 살벌했다.

"너 지금 장난하냐?"

"무… 무슨 말씀이십니까?"

억지로 목소리를 토하는 흑인 남자를 바닥에 내려쳤다.

쿵!

"크윽!"

떨어지는 순간 흑인 남자가 고통에 살짝 인상을 찌푸렸다.

유천은 망설임없이 권총을 뽑아 들고 흑인 남자의 머리를 겨눴다.

"나 죽이라고 그러데?"

"그, 그런 적 없습니다."

"거짓말하면 머리 터진다."

유천의 한마디에 흑인 남자의 얼굴이 사색이 됐다.

"그, 그게 아니고."

"얘기해 봐. 나 그렇게 참을성 많지 않아."

"시, 실은 만약에 나오면 총으로 저격하라는 명령을 받았습니다. 제, 제발 살려주십시오."

"왜 이렇게 순순히 털어놔?"

"안 하면 쏠 거지 않습니까?"

"그렇지."

유천의 너무도 당연한 말에 흑인 남자의 얼굴이 점점 부들부들 떨리기 시작했다.

"제, 제발 살려주십시오. 제가 그쪽하고 무슨 원한이 있는 건 아니지 않습니까."

"그러니까 더 열 받지. 돈 때문이잖아."

"용서하십시오. 제가 부양할 가족이 무려 20명이 넘습니다."

"내 가족 아냐. 그리고 그걸 어떻게 믿어. 여기 있어?"

"……."

유천의 말에 흑인 남자가 멍한 표정이었다.

유천은 입꼬리를 올리며 총으로 흑인 남자의 머리를 툭툭 쳤다.

"나는 증거가 중요하거든."

"이… 이리 데… 리고 오겠습니다."

"아니, 그럴 시간 없어."

유천이 조용히 말하자 흑인 남자가 잔뜩 질려 말했다.

"뭐, 뭐든지 물어보십시오. 그리고 살려만 주십시오."

"누가 시켰지?"

"그게 저도 돈만 받고 아는 사람한테 들었습니다."

"한국에서 직접 받은 건 아니고?"

"모릅니다. 제가 지시받은 건 당신이 살아오면 쏘란 말뿐입니다."

흑인 남자는 술술 털어놓았다.

유천은 그런 흑인 남자를 보고 조용히 말했다.

"그것참."

유천이 슬쩍 몸을 돌렸다.

유천이 등을 보이자 흑인 남자의 표정이 삽시간에 변했다.

순간 갈등이 생겼지만 흑인 남자는 이내 결정한 듯 떨어진 소총을 잡았다.

"이!"

막 소총을 잡으려는 순간 어느새 돌아선 유천이 권총을 발사했다.

탕!

정확히 한 발이었다.

한 발에 가슴을 정통으로 맞은 흑인 남자가 온몸을 부르르 떨었다.

죽기 직전이라는 걸 안 유천이 담담하게 말했다.

"지랄하지 말라고."

"으……."

유천은 그때서야 흑인 남자에게 천천히 다가섰다.

턱.

흑인 남자는 이미 숨이 끊어진 채 바닥에 힘없이 몸을 뉘였다.

유천은 흑인 남자의 몸을 밀림으로 들고 들어가 아무렇게나 집어 던졌다.

툭.

다시 돌아 나온 유천의 표정이 마치 얼음장처럼 차가웠다.

"그랬단 말이지."

유천은 차가운 냉소를 머금었다.

결국 주돈수 회장의 입장에선 자신은 쓰고 버리는 패였다.

"사람 잘못 봤어, 주 회장."

차갑게 뇌까리는 유천의 표정에는 아무런 감정이 드러나지 않았다.

유천은 차를 바라보곤 곧장 걸음을 옮겼다.

차로 이동하면 편할지 모르지만 깔끔함을 위해 포기했다.

유천이 앞뒤 자르고 시원하게 내질렀다.

"일단 가장 중요한 건 당신의 안전입니다."

"이 숲만 벗어난다면 제가 스스로 갈 수 있습니다."

"총 가지고 계시죠?"

"그럼요."

"자신 있습니까?"

"……."

침묵하는 김명환의 얼굴에는 살짝 두려움이 떠올랐다. 유천은 그의 표정을 놓치지 않고 재차 말했다.

"대답하기 어려우십니까?"

"열심히 노력은 해보겠습니다만."

말끝을 흐리는 김명환을 보고 유천이 말했다.

"안전할 수 있는 방법을 말해주시지요."

"무… 무슨 안전이요."

"서로 손잡고 가는데 동반자로서 할 걸 해야죠."

유천의 말에 김명환의 눈이 반짝였다. 살짝 돌려 말하기는 했지만 유천의 말은 간단했다.

어려운 일이 있으면 말하라는 이야기였다.

김명환도 오랜 세상을 살아온 가락이 있기에 그 말뜻을 바로 알아차렸다.

"잠시 생각할 시간을 주시겠습니까?"

"편한 대로 하시지요."

유천은 참을성 있게 기다렸다.

이제 추적해 오는 적도 모두 해치운 터였다. 여기서 시간을 끈다고 해서 별다른 어려움은 없었다.

잠시 지켜보던 유천이 벼락같이 칼을 휘둘렀다.

퍽!

"아니, 왜요?"

깜짝 놀란 김명환이 쳐다보자 유천이 싱긋 웃었다.

"잡것이 귀찮게 해서."

유천이 칼을 휘두르는 쪽을 바라본 김명환이 질겁했다.

"저건 블랙맘바!"

"맞습니다."

"저거 맹독사인데요."

"죽은 놈이 어떻게 물겠습니까. 생각이나 하시지요."

유천은 다시 딴청을 피웠다. 그 모습을 바라보던 김명환은 더욱 확신을 가질 수 있었다.

정유천, 이자는 굉장히 위험한 존재였다.

그러나 동료가 된다면 이만큼 안전한 사람도 없었다. 그 생각이 들자 김명환은 조금 망설이며 입을 열었다.

"한 가지 방법이 있긴 합니다만."

"편하게 말씀하십시오."

"이번에 아프리카 소녀 납치 사건 아십니까?"

"소녀 납치 사건이라, 혹시 뭐 학교 다니는 애들 납치한 것 말씀하시는 겁니까?"

유천이 묻자 김명환이 고개를 끄덕였다.

"맞습니다."

"그건 또 갑자기 왜요?"

유천이 고개를 갸웃거리자 김명환이 친절하게 설명했다.

"혹시 저를 구하실 때 이상한 장면 못 보셨습니까?"

"성폭행이요?"

"맞습니다. 그 아이들이 바로 당사자들입니다."

"이런 개새끼들."

유천의 입에서 욕이 터져 나왔다. 얼핏 본 것으로도 소녀들은 한참 어려 보였다. 고작해야 십대 초반 아니면 중반 그 이상은 아니었다.

김명환도 혈압을 높였다.

"개새끼들 맞죠. 십대 초반 많아 봐야 중반입니다."

"싸가지 없는 새끼들."

"전투하면서 성욕을 풀 대상자들이지요. 아시다시피 남자의 욕구는 절박할수록 강해지잖습니까?"

김명환 설명에 유천이 잠시 생각하다가 핵심을 찔렀다.

"그런데 납치된 소녀가 거기 있다는 건 어떻게 아셨습니까?"

"반군들이 얘기하는 걸 들었습니다."

"뭐라고 얘기하는데요?"

"아직 어린 계집이라서 맛이 좋다느니 그런 개소리를 하더군요."

그 한마디에 유천이 고개를 끄덕였다.

사실 김명환을 믿는다 하지만 매사는 튼튼해서 나쁠 게 없었다.

사지에 떨어진 유천에겐 그 누구라도 일단 의심하고 봐야 될 일이었다. 그건 생존의 기본법칙이기도 했다.

유천이 막 뭐라고 하는 순간 김명환이 날쌔게 한마디 했다.

"아프리카어를 아십니까?"

"......"

유천이 침묵할 수밖에 없었다.

아프리카어를 배운 적도 공부할 생각도 없었다.

이런 일이 아니라면 아프리카에 올 일은 사실 없었다. 그러자 김명환이 얼른 말했다.

"제가 아프리카어를 좀 합니다."

"하긴 하니까 반군 얘기도 들었겠죠."

유천은 김명환의 한마디에 생각을 바꿔먹었다.

말이 통하지 않는다면 가서 또 버벅될 건 분명했다. 김명환의 존재가 지금은 무엇보다 필요하다는 생각이 들었다.

그러자 김명환의 입이 술술 터져 나왔다.

"그 소녀를 구하는 걸로 협상하는 게 어떻겠습니까?"

"누구와 말입니까?"

"나이지리아 정부와 협상한다면 좋은 조건으로 협상이 가능할 겁니다."

"그럼 안전한 겁니까?"

유천이 되묻자 김명환이 환하게 웃었다.

"안전뿐만이 아니라 제가 하는 일에 도움이 되죠."

"그러면 해야죠. 그런데 전부 다 여기 있습니까?"

"아니, 퍼져 있습니다."

"위치를 아십니까?"

"죄송합니다. 거기까진."

김명환이 난처한 듯 시선을 돌렸다.

유천은 순간 골치가 지끈 아파옴을 느꼈으나 과감하게 결단을 내렸다.

"여기만 구합시다."

"위험할 수도 있습니다. 제가 괜한 말을 한 거 같습니다."

김명환이 미안한 듯 말을 돌리자 유천이 고개를 저었다.

"인생이 모험입니다. 길 가다 사고로 죽는 사람도 많은데요, 뭐."

"그러긴 합니다만."

"가보죠."

유천은 곧바로 움직였다. 그러나 김명환이 아무리 생각해도 안 되겠다는 듯 얼른 표정을 바꿨다.

"역시 너무 위험합니다. 못 들은 걸로 하세요."

"갑자기 왜요?"

유찬이 반문하자 김명환이 심각하게 말했다.

"너무 어렵고 목숨이 위태로운 일입니다."

"여기 올 때부터 그랬습니다."

"그런데 이건 사안이 다르지 않습니까?"

"똑같습니다. 사람 구하는 게 뭐가 다를까요."

유천은 이미 결심을 한 상태라 생각을 바꿀 마음이 없었다. 김명환은 그런 유천을 안타까운 듯 바라보았다.

"다른 방법을 생각해 보죠."

"시간이 없습니다. 지금 나이지리아 정부에게 던질 카드가 그렇게 많습니까?"

"……."

김명환이 침묵하는 걸 본 유찬이 총을 들고 일어섰다.

"그럼 다녀오겠습니다."

"마, 마지막으로 한 번 더 생각해 보십시오."

"결론은 하나입니다."

유천은 딱 잘랐다.

그 말에도 김명환이 몇 번이고 말렸지만 결국 실패했다. 일단 결정을 내린 유천의 고집을 꺾기는 어려웠다.

"하다가 안 될 거 같으면 돌아오십시오."

"그러죠."

대답은 쉽게 했지만 유천은 그럴 생각이 없었다. 일단 가면 무조건 성공할 생각이었다.

실패한다면?

씩 웃는 유천이 내심 중얼거렸다.

'팔자가 왜 이러냐.'

평범하게 사업가로 살고 싶었지만 연이어 꼬이는 인연 때문에 정신 차리기가 어려웠다. 그러나 유천은 차라리 그게 나았다.

'젊어서 고생하면 나중에 편하대.'

언젠가 들었던 말을 떠올리며 유천은 천천히 걸음을 옮겼다.

뒤에서는 김명환이 묵묵히 바라보다가 결국 한마디를 던졌다.

"조심하십시오."

"늘 조심합니다."

유천은 최대한 부드럽게 대답했다.

여기서 김명환에게 딱딱한 말로 괜히 부담감을 줄 필요는 없었다.

몇 발자국 걸어가자 이내 숲에 가려 김명환의 모습은 흔적 없이 사라졌다.

유천이 고개를 갸웃거렸다.

"잘 찾아가겠지."

지금부터는 반군 지역을 벗어났기에 안전할 거라는 생각이 들었다.

유천은 곧바로 걸음을 옮겼다.

막 걸음속도를 높이려는 순간 뒤에서 목소리가 들렸다.

"유천 씨."

분명히 김명환의 목소리이기에 고개를 돌렸다. 거기에는 김명환이 허겁지겁 달려오는 모습이 보였다.

유천은 그를 바라보며 조용히 말했다.

"무슨 일입니까? 왜 따라오십니까?"

"아무래도 같이 가야겠습니다."

"왜요?"

"저 혼자만 간다는 건 안 내키더군요."

김명환이 단호하게 얘기하자 유천이 바로 말했다.

"마음으로 충분합니다. 돌아가십시오."

"그럴 수 없습니다."

완강하게 버티는 김명환에게 유천이 한마디 했다.

"같이 가면 도움이 되는 게 아니라 방해가 됩니다."

"압니다. 그래서 최대한 저도 해보겠습니다. 저도 예비역
입니다."

김명환의 말을 가만히 듣던 유천이 씩 웃었다.

"같이 가시지요."

"고맙습니다."

"고맙기는요. 죽으러 가는 길일지도 모르는데."

"그래도 마음은 편할 거 아닙니까."

남자다운 면모를 보이는 김명환의 얼굴이 환하게 빛났다.

유천은 그런 김명환의 모습이 미워 보이지 않았다. 오히려
그런 모습에 더 정겨움을 느꼈다.

피식.

유천은 자신도 모르게 미소를 흘렸다. 그 모습을 바라보던
김명환이 한마디 했다.

"왜 웃습니까?"

"기분이 괜찮네요. 갑시다."

유천은 더 이상 왈가왈부하지 않았다. 지금은 김명환과의 재회에 기뻐할 시간적 여유가 없었다.

천천히 움직이는 두 사람이었다. 유천은 뒤를 바라보며 한마디 했다.

"제 지시대로 움직이셔야 됩니다."

"물론입니다, 보스."

"보스라니요?"

"이번 작전에 대해 총책임자는 유천 씨 아닙니까? 그러니까 보스지요."

"편하신 대로."

유천은 굳이 거부하지 않았다.

공연히 나이 대우해 줘봐야 좋을 건 하나도 없었다. 지금은 생과 사가 걸린 문제이기에 과감한 행동이 우선이었다.

저벅저벅.

유천이 연신 걸음을 옮기며 사방을 예리하게 살폈다.

자신 혼자라면 모르되 뒤에 김명환이 따라오기 때문에 더욱더 조심해야 됐다.

밀림은 독충이 많았다. 유천은 김명환 모르게 앞에 있던 독충들을 소리 없이 해치우며 움직였다.

슥슥.

겉으로는 칼로 풀을 베는 것 같았지만 칼날에 독충들이 하나둘씩 몸이 두 토막이 나 사라져 갔다. 뒤에서 따라오던 김명환이 감탄했다.

"대단하시군요."

"뭐가요?"

"이렇게 배려도 하십니까?"

움찔.

유천이 뒤를 바라보며 물었다.

"아셨습니까?"

"모른다고 생각하십니까? 제가 아프리카 생활이 얼마인데요."

"그러시군요."

유천은 더 이상 말하지 않았다.

두 사람은 그렇게 한참을 걸어서야 반군기지가 있는 근처에 도착했다.

유천은 손을 들어 김명환에게 말했다.

"지금부터는 숨소리 하나 내시면 안 됩니다."

끄덕.

잔뜩 긴장된 표정으로 김명환이 전면을 바라보았다.

자신이 생사의 고비를 넘기던 곳을 바라보자 왠지 울컥하는 기분이었다.

유천은 그런 김명환의 감정조차도 건드렸다.

"흥분하지 마십시오."

"명심하죠."

그러나 김명환의 목소리에는 짙은 살기가 풍겨 나왔다. 유천은 그런 김명환의 어깨를 살며시 잡았다.

"냉정하셔야 됩니다."

"노력해 보겠습니다."

김명환은 가까스로 감정을 억눌렀다. 유천은 그런 김명환에게서 시선을 떼고 전면을 노려보았다.

유천은 한 가지 생각을 염두에 두었다.

만약 자신과 김명환이 살아 있단 것이 알려지면 주돈수 회장이 가만있을 리 없었다.

당연히 골치 아픈 일이 발생할 수 있었다.

그렇다면 흔적 없이 움직이는 것이 최선이었다.

'그림자라.'

아무도 모르게 소리 없이 해치우고 빠져나오는 것이 최선이었다.

유천의 머릿속에서 계획이 하나둘씩 세워졌다 지워졌다를 반복했다.

그렇게 얼마의 시간이 지났을까.

유천은 마침내 가장 모범답안에 가까운 계획을 세울 수 있었다. 유천이 눈을 번쩍 뜨자 김명환이 조심스럽게 물어봤다.

"계획이 섰습니까?"

"아마도요."

"제가 도와드릴 건요?"

"통역만 잘해주시면 됩니다."

유천의 말에 김명환의 눈빛이 빛났다. 유천이 그런 그를 뒤로하고 밀림 속으로 움직였다. 놀란 김명환이 서둘러 물었다.

"어디를 가시려고요?"

"꼭 필요한 게 하나 있어서요."

유천은 김명환을 떠나 밀림 속으로 들어섰다.

유천은 사방을 예리하게 훑으며 자신이 필요한 것을 찾아 헤맸다.

그렇게 이십여 분쯤 찾아 헤매자 유천의 눈에 마침내 하나가 보였다.

"반가운 자식."

유천은 그쪽으로 천천히 다가섰다. 거기에는 블랙맘바가 다가오는 유천을 보고 독을 잔뜩 세우고 있었다.

머리를 바짝 든 채 유천을 향해서 공격할 태세를 갖췄다.

"새끼가."

유천은 살짝 눈꼬리를 좁혔다.

샤아악.

블랙맘바가 빠른 동작으로 덮쳐 왔으나 유천의 손이 더 빨랐다.

탁.

유천은 블랙맘바의 모가지를 날렵하게 움켜잡고 곧바로 준비했던 주머니에 넣었다.

꿈틀꿈틀.

주머니를 조이자 블랙맘바가 몸부림치는 소리가 들렸다.

"새끼, 크기도 하다."

유천은 싱글거리며 다시 김명환에게 돌아섰다 김명환은 유천의 옆구리에서 꿈틀거리는 주머니를 보고 고개를 갸웃거렸다.

"그건 뭡니까?"

"블랙맘바입니다."

"네?"

깜짝 놀란 김명환에게 유천이 대수롭지 않다는 듯이 말했다.

"걱정 마세요. 못 나옵니다."

"조심하셔야 될 텐데요."

"이 자식을 며칠 사이에 하도 많이 봐서 익숙합니다."

시큰둥한 유천의 말에 김명환은 조금씩 질려갔다.

블랙맘바라면 정말 살벌한 독사였다.

그런데 그것을 마치 개구리처럼 다루는 유천을 보고 질리지 않을 수 없었다.

유천은 이미 김명환의 반응 따위는 관심이 없었다. 똑바로 앞을 바라보며 말했다.

"어디가 두목 숙소일까요?

"그건 저도 잘 모르겠습니다."

"지켜보면 알겠죠. 두목 얼굴은 압니까?'

"분명히 기억합니다."

이를 부드득 가는 김명환을 보고 유천이 고개를 끄덕였다.

'데리고 오길 잘했어.'

만약에 없었다면 일이 꼬일 수도 있단 생각이 들었다. 그렇게 얼마를 쳐다보자 김명환이 조심스럽게 말했다.

"저놈입니다."

바라본 곳에는 수염이 덥수룩하게 난 한 흑인이 보였다. 그 옆에는 비슷한 인상의 한 남자가 따라붙어 있었다.

그 뒤에는 호위병인 듯 네 명의 반군이 AK소총을 들고 걸었다.

유천은 아무 말 없이 두목이 가는 곳을 지켜보았다. 그렇게 한참을 돌아다니던 두목이 마침내 숙소로 들어갔다.

남들보다 조금 큰 초막 안으로 들어간 두목을 본 유천이 회심의 미소를 지었다.

김명환이 의아한 듯 물었다.

"아니, 두목의 숙소는 왜 아시려고 하는 겁니까? 애들만 구하면 되는 거 아닙니까?"

"다 생각이 있습니다."

"무슨 계획이요?"

"두고 보시면 압니다."

유천은 말을 아꼈다.

4장

적진으로

　여기서 공연히 김명환에게 얘기해서 호들갑을 떨게 할 필
요는 없었다. 김명환은 배짱이 좀 있는 민간인이지 절대 자신
과 같은 부류가 아니다.

　뒤를 맡길 수 있는 동료가 아닌 바에야 모든 계획을 털어놓
는다는 건 위험했다. 계획은 항상 변하게 마련이다.

　그것을 대비한 유천의 깊은 생각이기도 했다. 김명환은 유
천의 입에서 대답이 돌아오질 않자 결국 포기했다.

　이제 목표도 설정했으니 기다리는 일만 남았다. 유천은 태
연하게 땅에 누웠다.

"좀 쉬시죠."

유천의 말에 김명환이 말했다.

"언제 행동하실 겁니까?"

"날이 어두워지면요."

유천의 대답에 김명환도 아무 말 없이 몸을 뉘였다. 지금은 체력을 회복하는 것이 무엇보다 급선무라는 걸 눈치챈 탓이다.

쿨쿨.

유천은 눕자마자 조금씩 깊게 잠이 들고 말았다.

그 모습을 바라보던 김명환이 혀를 내둘렀다.

위험으로 그득한 반군 진지 바로 앞에서 잠을 자는 저 배짱이 부러웠다.

"도대체가……."

김명환이 머리를 절레절레 흔들었다. 자신은 아무리 자려고 해도 솔직히 어려운 일이기도 했다.

긴장감에 누워서 엎치락뒤치락할 수밖에 없었다.

날이 어두워지기 시작하자 유천은 서둘렀다.

철컥.

소총을 점검하고 허리에 찬 대검을 살펴보는 눈이 살기로 번들거렸다.

옆에 있는 김명환이 움찔할 정도로 유천의 기세는 엄청나
게 뿜어져 나왔다.

유천은 준비를 마치자 김명환에게 주머니를 건네주며 말
했다.

"쓰세요."

"뭡니까?"

"복면이요."

"아."

김명환이 눈치 빠르게 얼른 주머니를 열어 복면을 얼굴에
뒤집어썼다. 어느새 유천도 복면을 쓴 후였다.

유천이 빙긋 웃으며 말했다.

"최신형이라 통풍이 잘됩니다."

"시원하네요."

김명환이 얼떨결에 대답하자 유천이 몸을 일으켰다.

"갑시다."

"이대로 그냥 가는 겁니까?"

김명환이 놀라 묻자 유천이 고개를 끄덕였다.

"그러면 간다고 친절하게 얘기해 줄까요?"

"그건 아니지만."

"제가 손짓하면 따라오십시오."

"아, 네."

김명환의 얼굴도 긴장으로 잔뜩 물들었다.

유천은 그런 김명환의 반응은 신경조차 쓰지 않은 채 미소 지었다.

복면 밖으로 보인 하얀 이가 유난히 반짝거리고 있었다.

"그럼."

유천은 더 이상 말을 꺼내지 않고 앞으로 움직였다.

사삭.

어둠을 뚫고 움직이는 유천의 몸놀림이 가볍고도 경쾌했다.

경비병의 시선을 피해 사각지대를 타고 움직이는 유천의 발길에 따라 점점 더 거리는 좁혀졌다.

유천은 두 명의 경비병이 초막 주위를 오락가락하는 것을 낮에 이미 파악했다.

슥.

허리춤에서 두 개의 대검이 뽑아져 나왔다.

대검으로 사람을 죽이는 건 어렵지 않다. 하지만 비명 소리도 나지 않게 죽이는 건 숙달되지 않으면 어려운 일이었다.

유천은 경비병 사이를 천천히 걸어 들어갔다. 경비병들은 워낙 태연하게 걸어오는 유천을 보고 동료인 줄 알고 시큰둥한 반응을 보였다. 워낙 어두워 타인을 알아보기 힘든 탓이었다.

'정신상태가 개판이군.'

유천은 그런 반군의 군기가 차라리 고마웠다. 유천은 가까이 다가가 태연하게 손짓했다.

"무슨 일이야?"

알아듣지 못하는 언어가 들렸으나 유천은 그저 싱긋 웃기만 했다.

이빨이 하얀 건 저들이나 유천이나 똑같았다. 그들이 고개를 갸웃거리며 다가오는 순간 유천의 손이 번개같이 움직였다.

쉭쉭.

단 한 번의 놀림에 두 사람의 목에 칼이 스쳐 지나갔다. 성대가 동시에 끊어지자 두 사람은 비명조차 지르지 못하고 땅으로 쓰러졌다.

유천은 빠른 동작으로 그 두 시체를 한쪽 으슥한 곳에 모았다. 그리고는 바로 뒤로 손짓했다.

그러자 김명환이 가까이 다가왔다.

부들부들.

떨리는 다리를 억지로 부여잡고 오는 모습이 순간 애처롭기도 했다. 이런 일을 해본 경험이 없는 민간인 티가 심하게 났다.

아무리 배짱이 있다고 하나 이런 일에는 아무래도 서툴게 마련이었다. 김명환이 옆으로 다가서자 유천이 초막 안을 슬쩍 살폈다.

다음 순간 유천의 인상이 험악하게 일그러지기 시작했다.

"이런 개새끼들."

"무슨 일입니까?"

"여기 잠깐 계십시오."

유천은 더 이상 분노를 참지 않았다. 망설임없이 초막 안으로 들어갔다.

안에는 여러 명의 아직 채 피지도 못한 소녀들이 웅크린 채 벌벌 떠는 모습이 보였다.

유천이 겁에 질린 한 여학생에게 최대한 부드럽게 물었다.

"영어할 줄 아나?"

"조금요."

유천은 안도의 한숨을 몰아쉬었다.

배우는 학생들이라 혹시나 물었는데 역시 자신의 예상이 적중했다.

유천이 조금 여유롭게 입을 열었다.

"구하러 왔어."

"저, 정말요?"

유천 한마디에 소녀들 모두가 희망에 찬 시선을 보냈다. 물론 아직 유천을 완전히 믿는 눈치가 아니었다.

"그런데 아저씨는 누구세요?"

"나? 너희들 구하러 온 사람."

"나라에서 보내셨나요?"

초롱거리는 눈망울이 기대에 가득 차 있었다. 유천은 차마 그 여학생의 기대를 저버리기 힘들었다.

"그래."

"고마워요."

한결 마음이 편해진 유천이 사방을 둘러보다 얼굴이 굳었다.

유천은 시선이 닿았던 곳으로 다가가 한 여학생을 살펴보았다.

입술이 퍼렇게 질려 있는 것이 어둠 속에서도 느껴질 정도였다.

유천이 다급히 맥을 집어보자 희미하게 뛰고 있는 맥은 금방 숨을 거둬도 이상이 없는 상태였다.

유천이 손을 잡고 있는 사이 한 여학생이 다가왔다.

"언니."

"왜 이렇게 된 거니?"

"언니가……."

차마 말을 잇지 못하고 울먹거리는 여학생을 유천이 잠깐 기다렸다.

아무리 다급한 상황이지만 지금 상태에서 다그친다고 답이 나올 리가 없다.

여학생이 이내 입술을 꼭 깨물며 정신을 차린 듯 이야기를 쏟아냈다.

"언니가 우리 때문에 저렇게 됐어요."

"자세하게 얘기해 봐."

"반군들이 우리를……."

차마 말을 못 잇고 울먹거리는 여학생이었다.

유천은 조금 답답했지만 상대방의 입장에서 이해하려 애를 썼다.

자신이 여자이고 저 입장이라면 두려움에 말하지도 못할지도 모를 일이다.

유천은 여학생의 어깨를 살며시 두드렸다.

"침착해."

"흑."

울먹거리는 여학생에게 유천이 다시 물었다.

"왜 저 언니가 저렇게 된 거냐?"

"언니가 저희 때문에요."

"그건 아까 들었잖아."

유천이 빙긋 웃으며 여유를 보였다. 그러자 여학생은 한결 풀어진 듯 유천에게 그나마 정확하게 이야기를 털어놓았다.

"반군들이 우리들을 성폭행하려 했어요."

"나도 봤다."

"그런데 언니가 우리 대신 나섰어요."

"나서다니?"

유천이 내심 깜짝 놀랐다. 여학생은 눈물이 주르륵 흘러내리며 말했다.

"언니가 제일 나이가 많다고 그나마 감당할 수 있다고 언니가 계속 반군들에게 끌려갔어요."

"……."

유천이 말문을 닫고 여학생을 물끄러미 바라보았다.

상황을 듣고 나니 어떠한 말도 꺼낼 수 있는 입장이 아니다. 여학생은 손으로 눈물을 훔치며 한결 또랑또랑해진 목소리로 말했다.

"우리들은 아직 어려서 감당할 수 없다고 언니가 웃으면서 말했어요."

"그래서 혼자 당한 거야?"

"네, 언니가 자긴 그나마 예뻐서 반군들이 좋아할 거라고 그랬어요."

유천은 잠시 눈을 감았다. 얼핏 보아도 여학생들의 나이는 12살에서 15살 남짓이었다.

쓰러져 있는 여학생이라고 해봐야 고작 15살 많아 봐야

16살이었다.

아직 어린 소녀가 동생들을 위해서 몸을 희생했다고 생각하니 가슴이 찡하니 울려왔다.

"시팔 놈들."

유천이 독하게 마음먹은 순간이다.

유천이 소녀를 바라보자 아직 정신 차리지 못하는 듯 온몸을 떨고 있었다.

이대로라면 위험하다 판단이 선 유천이 호주머니에서 모르핀을 꺼내들었다. 혹시 모를 부상을 대비해 준비한 약이었다.

진통제로는 이만한 것이 아직까지 없었다.

푹.

유천은 지체없이 여학생의 팔뚝에 모르핀을 꼽아 주사약을 밀어 넣었다. 그 모습을 바라보던 소녀가 물었다.

"아저씨 그건 뭐예요?"

"약."

"우리 언니 살아날 수 있을까요?"

"의지만 있다면."

유천은 즉답을 피했다. 유천이 보기에도 소녀의 상태는 위험했다.

그런 소녀를 보고 살릴 수 있다 없다, 이런 허튼소리는 하고 싶지 않았다.

하지만 유천은 속으로 맹세했다.

'살릴 수 있으면 꼭 살린다.'

유천의 눈이 시퍼렇게 빛났다.

쓰러진 소녀에게 모르핀을 주사한 유천이 냉정을 되찾고 여학생에게 물었다.

"모두 여기 모여 있는 거야?"

"아니요. 아까 두 명이 끌려갔어요."

"끌려가?"

"언니가 저 지경이 돼서 애들을 두 명 끌고 갔어요."

여학생들이 울음을 참으려 애를 썼다. 점점 목소리가 높아 짐을 눈치챈 유천이 소녀의 입에 손을 댔다.

"쉿."

그 한마디에 여학생이 마치 얼음처럼 얼어붙었다. 얼마나 두려움에 시달렸는지 한눈에 알아볼 수 있는 대목이었다.

유천은 내심 핏발이 곤두섰지만 겉으로는 표정 하나 변하 지 않았다.

"기다려라."

"그냥 가시려고요?"

"아니, 두 명을 구해와야지."

"아저씨 우리 먼저 구해주시면 안 돼요?"

덜덜 떨리는 여학생의 목소리에 유천이 머리를 쓰다듬었다.

이기적인 말일지 모르지만 이 상황에서는 그럴 수밖에 없었다.

아직 어린 소녀가 두려움을 이겨 다른 사람까지 생각한다는 건 쉽지 않았다.

유천은 그런 소녀의 마음을 충분히 이해했다.

그러기에 저기 쓰러져 있는 여학생을 더욱더 살리고 싶은 마음이 간절했다.

유천은 소녀들에게 천천히 말했다.

"금방 온다. 그리고 밖에 또 한 명의 아저씨가 있어. 그분이 너희를 지켜줄 테니 걱정하지 마라."

"정말이죠?"

"움직이지 마라. 움직이면 큰일 난다. 반군들이 눈치채면 안 되는 거 알지?"

끄덕.

소녀들이 다시 겁에 질린 표정으로 고개를 끄덕였다. 공포에 질린 사슴의 눈망울 그 이하도 아니었다.

유천은 소리 없이 문을 열고 밖으로 나가 김명환에게 다가섰다.

"여길 잘 지켜주세요."

"제가요?"

척.

유천은 말없이 김명환의 소총을 건드렸다.

"총 쏠 줄 알잖아요?"

"그… 그럼요."

"부탁합니다."

유천은 그 말을 마지막으로 반군 두목이 있는 초막으로 움직였다.

"아니, 저."

"쉿."

유천은 손을 입에 대 김명환의 뒷말을 막았다.

신중해진 유천은 곧바로 반군 두목이 있는 초막 쪽으로 다가섰다.

거리가 백여 미터 떨어진 곳이라 더 가까웠지만 행동에 조심을 기했다. 자칫 들킨다면 반군들이 우르르 쏟아져 나올 게 분명했다.

두려운 게 아니라 귀찮은 일을 자초하고 싶지 않았다.

더군다나 혼자 몸이 아니라 소녀들까지 힘들게 되니 유천의 마음이 편할 리 없었다. 그러나 유천은 어깨 하나 흔들리지 않고 천천히 움직여 갔다.

유천은 슬머시 문을 열었다.

스르륵.

조심히 열었기에 거의 소리가 들리지 않았다. 열려진 틈 사이로 안을 바라보던 유천의 눈썹이 살짝 치솟았다.

"움직이면 죽어."

"제, 제발요."

거친 목소리와 가냘픈 음성.

초막 안에는 두 명의 소녀가 알몸인 채 벌벌 떨고 있었다. 그리고 두 명의 남자가 바지를 내리고 있는 장면이었다.

'아직 안 늦었다.'

유천은 안도의 한숨을 내쉬며 대검을 거꾸로 들었다.

휙.

두 자루의 대검이 날아갔다.

퍽퍽.

작은 소리와 함께 두 남자 뒤통수에 대검의 손잡이가 정확히 명중했다.

쿵! 쿵!

유천이 날쌔게 들어가 쓰러지려는 두 남자를 얼른 잡았다.

"개새끼들."

짤막한 한마디에 유천의 분노가 실려 나왔다.

유천도 남자였다.

하지만 이런 거지같은 놈들하고는 상종하고 싶지 않았다. 유천은 손으로 가슴을 감싼 채 벌벌 떨고 있는 두 소녀를 봤다.

유천은 그 순간에도 빙긋 미소가 나왔다.

'왜 여자들은 급하면 가슴을 가릴까.'

더 부끄러운 치부를 가리려는 노력은 하지 않았다. 여자의 본능이 참 재미나고도 신기했다. 유천은 여학생들에게 빠르게 말했다.

"영어할 줄 알지?"

"누구세요?"

"옷부터 입어라."

유천의 잔잔하면서도 따뜻한 말에도 소녀들은 꿈쩍하지 못했다.

"여기서 나가야지."

"구하러 오신 거예요?"

끄덕.

유천은 대답 대신 고개를 무겁게 끄덕였다. 소녀들은 다시 눈치를 보고 있었다. 유천은 그런 소녀들에게 한마디 했다.

"빨리 입어. 시간이 없다."

그 말에 두 소녀가 벌떡 일어나 후다닥 옷을 입기 시작했다.

유천은 옷 입는 소녀의 몸을 본의 아니게 본 후 살짝 천장을 바라보았다.

아직 채 피어나지도 않은 여린 몸이었다. 유천은 순간 분노가 치밀며 두 사람을 바라보았다.

찌익.

유천은 품에서 테이프를 꺼내 놈들의 입을 묶고 온몸을 꽁꽁 묶었다.

꼼짝도 하지 못하게 만든 후 유천이 두목으로 보이는 자를 벽 쪽으로 몰았다. 그리고는 대검을 제대로 꽂아 바닥에 세워 놨다.

바닥 사이에 틈이 있어 대검을 세우는 데는 아무런 문제가 없었다. 유천은 두 사람의 머리를 가볍게 쳤다.

타닥.

"으음."

정신이 들었지만 입이 테이프로 막혀 아무런 말도 할 수 없었다.

유천은 그들의 대답을 듣길 원하지도 않았다. 유천은 두목을 칼이 세워져 있는 곳으로 끌고 갔다.

정신을 차린 두목이 시퍼런 칼을 보고는 질려 몸부림쳤다.

그러나 유천은 개의치 않고 그쪽으로 가 대검에 칼끝이 정확히 심장으로 가게끔 눕혔다. 그리고는 가볍게 상체를 들어놓고 한마디 했다.

"힘 떨어지면 죽는다."

옆에 있던 반군 부두목이 벌벌 떠는 모습이 보였다.

유천은 가만히 지켜보았다. 소녀들은 옷을 다 입은 채 유천의 행동을 바라보며 덜덜 떨기만 했다.

반군 두목이 누운 자세에서 온몸이 묶였다. 오로지 배의 힘으로 칼을 피하려 발버둥치는 반군 두목의 모습이 애처로웠다.

옆으로 뒹굴려고 했으나 유천이 발로 막고 있어 꼼짝도 할 수 없는 입장이었다. 반군 두목이 유천을 바라보며 입을 꿈틀거렸다.

그러나 유천은 느긋하게 귓구멍을 후벼댔다.

"듣고 싶지 않아."

잔잔한 말이었다.

반군 두목이 알아듣거나 말거나 상관없었다.

그 자세로 오래 버틸 남자는 아무도 없었다. 불과 20초가 지나기 전에 반군 두목의 몸이 서서히 대검으로 다가가기 시작했다.

"우욱"

대검이 반군 두목의 몸속을 파고들기 시작했다. 반군 두목은 몸부림치며 피하려 했으나 이미 힘이 빠진 터라 그대로 바닥에 닿고 말았다.

푹.

대검은 반군 두목의 가슴 깊이 박혔다.

부르르르.

반군 두목이 몸을 떨더니만 이내 아무런 움직임이 없었다. 유천은 그때서야 다른 반군을 봤다.

"영어 아냐?"

끄덕끄덕.

반군이 필사적으로 고개를 끄덕이는 순간 유천이 한마디 했다.

"넌 뭐야?"

"부, 부대장입니다."

"부두목이겠지."

차가운 유천의 말에 반군 부두목이 싹싹 빌었다.

"사, 살려주십시오."

"떠들면 죽어."

끄덕끄덕.

여전히 고개를 정신없이 흔드는 반군 부두목은 이미 제정신이 아니었다.

냉정한 유천의 모습을 보고 거의 혼이 반쯤은 나간 모습이었다.

이미 바지춤은 축축이 젖어 있어 얼마나 공포에 질렸는지 알 수 있었다.

유천은 테이프를 거칠게 뜯었다.

쫘아악.

테이프가 뜯어지며 피가 주르륵 흘렀다. 거칠게 땐 탓에 피부가 상한 탓이다. 유천이 천천히 말했다.

"입 벙긋하면 뒤진다."

"살려……."

"살고 싶지?"

끄덕끄덕.

정신없이 고개를 끄덕이는 반군 부두목은 아직 말도 잇지 못했다. 유천이 부두목에게 음산하게 물었다.

"여기 있는 게 전부인가?"

"아닙니다. 여기는 본부고 저쪽에 또 있습니다."

"거기는 얼마나 있어?

"삼백여 명이 있습니다."

"꽤 되네. 그들을 네가 지휘할 수 있겠어?"

유천이 총구를 들며 말했다. 여차하면 사살하겠다는 낌새를 눈치챈 부두목의 얼굴이 새파랗게 질렸다.

"추, 충분히 가능합니다."

"근거는?"

"그들은 모두 저와 같은 부족입니다."

"죽은 이놈도?"

유천이 묻자 부두목이 얼른 고개를 끄덕였다.

"물론입니다."

"알았어. 그 정도면 충분하지. 알아서 판단해."

유천은 그때서야 모든 계획을 굳혔다.

"나머지 소녀들 어디 있어?"

"그게……."

"빨리 말하지 않으면 죽는다."

"다른 반군 진지에 있습니다. 동쪽으로 2㎞쯤 가면 있습니다."

"여기 몇 명이 있어?"

"삼십 명이 있습니다."

"그래?"

유천은 머릿속으로 계산기를 눌렀다. 그리고 반군에게 말했다.

"너만 살려줄 테니까 걔들 데리고 올 수 있어?"

"그게."

"무슨 문제가 있어?"

"일인당 10달러씩 주고 팔았습니다."

유천은 순간 핏대가 올랐다. 이대로 그냥 죽여 버리고 싶은 마음이 굴뚝같았지만 소녀들을 구하는 것도 중요하다.

'언제부터 내가 이렇게 인간적이었지?'

유천이 싱긋 웃었다.

하지만 피지도 못한 소녀들이 지는 꼴은 보고 싶지 않았다. 그건 인간의 본연한 마음이기도 했다. 유천이 반군 부두목에게 말했다.

"돈 주면 구해올 수 있어?"

"위약금이 20달러입니다."

"모두 몇 명이야?"

"열두 명입니다."

"240달러네."

유천은 주머니에서 240달러를 세어 반군 부두목의 머리맡에 놨다.

"구할 수 있겠어?"

"예, 구해올 수 있습니다."

"거짓말이면 죽어."

반군이 머리를 데구루루 굴렸다.

이 위기를 벗어나고 싶은 건 인간의 본연적인 마음이다. 반군도 이 위기를 벗어나기 위해서 무조건 유천의 말을 승낙한 것이 분명했다.

유천은 그런 반군에게 준비해 놓은 검은 정체불명의 환약을 입에 털어넣었다.

"먹어."

"음음!"

공포에 질린 반군은 입을 벌리지 않았다.

픽.

유천의 주먹이 반군의 목을 휘어잡았다.

"아!"

아픈 고통에 입을 벌리는 순간 그 안으로 정체불명의 환약을 쏙 집어넣었다.

"삼켜!"

유천이 강제로 삼키게 만들었다.

"우우음."

두려움에 떠는 반군에게 유천이 말했다.

"3일 내에 해독하지 않으면 죽어. 3일 내로 데리고 와. 데리고 오는 위치는 이 밀림이 끝나는 곳 그쪽이야. 알지?"

"아, 알고 있습니다."

"3일 준다. 아니면 넌 뒤지는 거고. 자, 그럼 조용히 쉬고 있어."

유천이 손으로 뒤통수를 후려쳤다.

픽!

"끅."

다시 그 상태 그대로 기절한 반군이었다. 유천은 그때서야 소녀들에게 말했다.

"가자."

소녀들은 얼른 유천을 따라나섰다.

자신들을 괴롭혔던 반군들을 해치우는 모습에 통쾌함을 느낀 표정이었다. 그리고 유천을 믿는 얼굴들이었다.

유천은 빠르게 초막을 나왔다. 다시 소녀들이 몰려 있는 초막으로 가자 김명환이 안절부절못하고 사방을 경계하고 있었다.

"끝났습니까?"

"왜 이렇게 긴장하십니까?"

"어떻게 긴장을 안 합니까."

유천은 대답하지 않고 씩 웃으며 말했다.

"갑시다."

유천은 초막 문을 열고 소녀들에게 말했다.

"조심스럽게 와. 소리 내지 말고."

소녀들은 마치 말 잘 듣는 양처럼 유천의 뒤를 따랐다. 유천은 김명환에게 말했다.

"아이들을 데리고 아까 있던 밀림 속으로 들어가세요."

"같이 안 갑니까?"

"뒷정리를 해야죠."

유천의 한마디에 김명환이 움찔거렸다.

"어떻게 하시려고요?"

"어서 가세요."

유천은 대답을 즉각 하지 않았다.

유천이 경계하는 사이 김명환이 소녀들을 데리고 밀림 쪽으로 다가갔다.

짧은 거리였지만 소녀들은 공포에 떨면서도 천천히 걸어가는 모습이었다.

'공포가 애들을 키운다더니.'

유천은 고개를 절레절레 흔들었다. 이 사건 이후로 소녀들이 어떤 마음으로 살아갈지는 불을 보듯 훤했다.

아마 어린아이의 모습은 더 이상 찾아보기 힘들리라.

씁쓸한 현실이었지만 유천은 거기까지만 생각했다. 지금은 나머지 일을 처리하는 게 중요했다.

"아차."

유천이 머리를 쳤다.

아이들 전부를 데리고 밀림 속으로 들어간다면?

유천이 다급히 김명환에게 다가섰다.

"저쪽은 어렵습니다."

"아니, 그럼 어디로 가면 됩니까?"

깜짝 놀란 김명환의 말에 유천이 손가락으로 길을 가리켰다.

"저리로요."

"추적하는 반군들은 어떻게 하려고요."

"막아야죠."

너무도 덤덤한 유천의 말에 김명환은 기가 막혔다.

"조력자가 있습니까?"

"없습니다."

"그런데 추적하는 반군들을 어떻게 막으려고."

"길목을 잡고 적당히 공포심을 주면 가능할 겁니다."

"확실한 겁니까?"

김명환이 묻자 유천이 귀찮음을 애써 참으며 한마디 했다.

"그럼 어쩌라는 겁니까? 밀림 속에 가서 다 죽을까요?"

"주, 죽다니요?"

"한 사람만 들어가기도 버거운 밀림입니다. 수많은 사람이 길게 늘어서 있으면 뒤에서 무슨 일이 있어도 대처할 수 있을까요?"

"……."

그 말에는 김명환이 침묵할 수밖에 없었다.

5장

약속

자신이 갔던 밀림을 생각해 보면 끔찍했다. 그런데 거기 아직 어린 소녀들을 데리고 간다는 건 한마디로 자살행위였다.

그 생각이 떠오르자 김명환이 침울한 표정으로 변했다.

"망설일 시간이 없습니다. 갑시다."

유천은 단호하게 얘기했다. 여기에서 김명환의 의견을 듣고 자시고 할 필요가 없었다.

"그래도."

"분명히 말씀드리지만 지휘자는 접니다."

유천은 나이를 깨끗하게 무시했다. 여기서 나이를 따져 대우해 준다는 건 한마디로 미친 짓이었다.

유천의 살벌한 목소리에 김명환도 더 이상 말하지 않았다.

유천은 김명환에게 다시 한 번 지시했다.

"아이들 데리고 먼저 가십시오. 뒤를 내가 책임지죠."

"……."

김명환은 아무런 말도 할 수 없었다. 유천의 말이 옳다는 건 알고 있었지만 사람인 이상 두려움이 꿈틀거렸다.

김명환은 다시 한 번 머리를 긁적이며 말했다.

"저 때문에."

"그런 말씀 할 시간 있으면 가세요."

유천의 말에 김명환은 얼른 소녀들을 이끌고 앞으로 가기 시작했다. 유천은 총을 들고 움직였다.

아이들이 조용히 움직인다고 하나 공포에 질린 아이들이기에 여러 가지 변수가 나타났다.

털썩.

"아악!"

쓰러진 아이가 비명을 질렀다. 어른이라면 아파도 꾹 참을 일이었지만 아직 어린 소녀들에게는 무리였다.

유천은 살짝 긴장의 끈을 당기며 초막을 노려봤다.

수류탄을 쓴다는 건 위험했다. 아이들에게 엎드려가 제대로 통할 리도 없었고 부상자나 사망자가 나오기 딱 좋은 일이었다.

유천은 그런 일은 절대 하고 싶지 않았다.

"어떻게 구했는데."

유천은 사격에는 자신이 있었다.

"나오면 다 죽는다."

아니나 다를까? 초막 안에서 잠이 덜 깬 듯 총을 들고 나오는 반군들의 모습이 보였다. 얼마나 급히 나오는지 위에는 아직 옷도 걸치지 못한 모습이었다.

푸슝!

유천의 총구에서 불을 뿜었다.

"큭!"

유천은 단발에 놓고 반군을 향해 사격을 개시했다.

"컥!"

저쪽에서 쓰러지는 반군들의 모습이 보였다. 유천은 표정 하나 변하지 않았다.

지금은 죽이지 않으면 죽는다.

그 하나의 명제만이 유천의 머릿속에 자리했다.

반군의 숫자는 이제 불과 20여 명. 쓰러진 자를 생각하면 많은 숫자였다.

유천은 나오는 반군들에게 계속 사격을 계시했다. 반군들도 바보는 아니었다.

초막 안에서 총구들이 보이기 시작했다. 유천은 곧바로 다른 총을 잡아 들고 자동으로 긁어댔다.

푸더더덕!

지금은 총소리에 신경 쓸 때가 아니었다. 멀리서 다른 반군 지원군이 온다 하더라도 어쩔 수 없는 일이다.

초막 안에 불꽃이 튀며 총알이 쏟아져 들어갔다. 자동으로 쏘았다 하나 총구의 흔들림을 최소화시켜 한 발도 초막 밖으로 나간 것은 없었다.

턱!

유천은 총을 버리고 다른 총을 잡아 들었다. 초막은 나머지 하나. 남은 반군들이 다 그쪽에 있는 것이 분명했다.

외곽에서 경계하던 반군들을 모조리 해치웠던 터라 유천은 두 번째 초막을 향해 가차없이 자동으로 놓고 긁어대기 시작했다.

타다다닥!

초막 안에 나무 조각들이 튀며 총알이 쏟아져 들어갔다. 유천은 그래도 안심하지 못한 듯 자동으로 놓고 유심히 기다렸다.

역시 살아남은 반군들이 날쌔게 초막에서 뛰어나왔다. 빠르게 초막을 나온 반군들이 사격 자세를 잡기도 전에 유천의 방아쇠가 먼저 움직였다.

탕! 탕!

총알 한 방에 반군들의 몸에서 피가 튀며 몸부림치는 모습이 보였다.

"후."

유천이 길게 한숨을 내쉬었다.

더 이상 움직이는 반군이 없다는 걸 느낀 뒤로 유천은 빠르게 움직였다. 지금은 확인 사살할 때가 아니었다.

유천은 이동하다 눈빛을 번쩍였다.

"저거라면."

바로 앞에 기관총이 보였다.

유천은 총을 어깨에 걸고 기관총을 잡아 들었다. 옆에는 탄피 상자가 거치되어 있었고 또 하나가 보였다.

"웃차!"

사실 기관총과 탄피를 들고 뛴다는 건 그다지 쉬운 일은 아니었다. 그러나 유천의 현재 체력으로는 그다지 어려운 일도 아니었다.

유천은 탄통 두 개와 기관총을 든 채 자리를 옮기기 시작했다.

천천히 걷던 유천의 눈이 번쩍 빛났다. 유천은 곧바로 김명환에게 다가가 말했다.

"트럭이 있군요. 운전할 줄 아십니까?"

"압니다."

"수동일 텐데."

"예전에 해봤습니다."

"그럼 가시죠."

유천은 김명환을 이끌고 트럭 쪽으로 향했다. 운전대에 올라선 김명환이 조금 걱정스런 표정으로 시동을 걸었다.

부르릉.

김명환이 여러 가지를 만져본 후 고개를 끄덕였다.

"할 수 있습니다."

"애들을 태우시죠. 그리고 곧바로 가십시오."

"같이 안 갑니까?"

"전 뒤에서 막고 천천히 가겠습니다."

"상당히 먼 거리일 텐데요."

"알아서 합니다."

유천이 거기서 말을 끝내고 뒤로 돌아섰다.

철컥!

문을 열자 아이들이 옹기종기 모여서 유천을 바라봤다.

"올라타자."

짧은 말 정도는 어느덧 구사할 수 있었다. 아이들은 눈빛을 빛내며 트럭에 올랐다. 다 태운 후 마지막으로 마음이 갔던 소녀를 봤다.

"이름이 뭐지?"

"콜로네요."

"여기 일은 잊고 잘 살아라."

끄덕.

말없이 고개를 끄덕이는 아이에게 유천이 말했다.

"네 부탁 하나는 들어주마. 뭘 해줄까? 돈을 줄까?"

"아니요."

단호하게 고개 젓는 콜로네가 눈빛을 빛냈다. 유천은 그런 콜로네를 보고 말했다.

"그럼 뭐?"

"잠시만요."

유천의 손을 잡고 운전석 쪽으로 향했다. 콜로네는 김명환을 향해 뭐라고 떠들어대기 시작했다.

"#$%@#$·"

유천은 팔짱을 낀 채 묵묵히 듣기만 했다. 김명환은 이야기를 다 듣고 난처한 표정으로 유천에게 말했다.

"난감하네요."

"무슨 말입니까?"

"이 아이가 자기 친구들을 구해달랍니다."

"네?"

유천도 깜짝 놀랐다.

뜻밖의 부탁을 하는 콜로네를 어이없는 표정으로 바라봤다. 콜로네는 유천의 손을 잡고 간절한 표정으로 말했다.

"도와주세요."

"그러지."

의외로 순순히 대답하는 유천을 보고 이번에는 김명환이 놀랐다.

"어쩌시려고요."

"약속은 지켜야지요."

"어디 있는지 아십니까?"

"얘기해 주겠죠. 설마 무작정 찾아 헤매라는 건 아니잖습니까."

유천의 말에 김명환이 웃고 말았다.

"무식한 놈들입니다. 아주 잔인한 놈들 쪽으로 갔습니다."

"성욕 때문에요?"

끄덕.

김명환이 대답하다 말고 고개를 끄덕이자 유천이 한마디했다.

"씨팔 놈들이네."

"네?"

"남자라도 정도가 있어야지."

"정말 구하실 생각이십니까?"

김명환이 다시 한 번 묻자 유천이 고개를 끄덕였다.

"약속이니까요. 어서 가십시오."

유천은 더 이상 말을 아꼈다. 그러자 김명환이 다시 한 번 말렸다.

"아무리 그래도."

"어디 있는지만 말씀해 주시면 됩니다."

"그 어디 있는지는 저도 모릅니다."

그러자 유천이 김명환에게 말했다.

"애한테 말해주세요. 구하겠다고."

"그러죠."

"그리고 그들이 어디 있는지 대략적인 위치라도 알아봐 주십시오. 제가 나중에 듣겠습니다."

"……"

김명환은 대답하지 않았다. 유천은 곧바로 콜로네를 데리고 조수석에 태웠다.

"여기가 제일 편하다."

유천이 해줄 수 있는 호의였다. 콜로네는 다시 한 번 유천을 향해 뭐라고 중얼거렸다. 뜻은 몰라도 눈빛만으로 알 수 있었다.

유천은 말없이 고개를 끄덕이며 콜로네의 어깨를 가볍게

두들겼다.

"가라."

유천이 손짓하자 김명환이 잠깐 망설이더니만 시동을 걸었다. 지금 유천을 도와주려면 1초라도 빨리 움직이는 길이 최선이었다.

유천은 마지막으로 한마디 했다.

"가는 길에 반군이 없을까요?"

"밀림 쪽이라 없습니다."

"밀림 끝에서 기다리십시오. 안 오면 알아서 살길 찾으시고요."

무서운 말을 담담히 마친 유천은 손을 들었다. 그러자 김명환이 가속페달을 밟았다.

부웅~

덜덜덜덜!

얼마나 고물인지 요란한 소리를 내며 트럭이 앞으로 나갔다. 뒤에서 시커먼 매연이 뿜어져 나오는 모습을 보고 유천이 고개를 저었다.

"갈지나 모르겠다."

유천은 그것으로 생각을 접었다.

일단 자신은 할 일만 하면 되는 일이었다. 유천은 천천히 걸어 이미 봐둔 위치에 자리 잡았다.

언덕길.

위에서는 밑이 훤히 보였지만 밑에서는 유천이 보이지 않는 교묘한 곳이기도 했다.

"여기가 적당해."

유천은 재빠르게 기관총을 거치한 후 전면을 노려봤다.

유천이 준비를 마치고 잠시 기다렸다. 불과 10분도 지나지 않아 멀리서 요란한 엔진음이 들렸다.

투두두!

유천은 다가오는 트럭들을 보고 싱글거렸다.

"그냥 놔둬도 될 거 같은데."

유천이 보기에 트럭은 금방 퍼져도 아무런 이상이 없어 보였다.

유천은 어깨에 개머리판을 밀착시킨 채 앞서 오는 트럭을 쏘아봤다.

1킬로미터, 800미터, 600미터로 거리가 좁혀지자 유천의 손가락이 방아쇠를 당겼다.

탕! 탕!

짧고 날카로운 두 발의 총성이 울렸다.

총탄은 정확히 양쪽 앞바퀴를 강타했다. 그리고 얼마 지나지 않아 트럭이 갑자기 이리저리 흔들렸다.

트럭은 바퀴가 터지자 빙그르르 돌더니만 옆에 있던 나무를 정통으로 들이받았다.

쾅!

충격이 얼마나 심했는지 운전석이 완전히 밀려들어갈 정도였다.

유천은 이미 기관총을 잡고 정면을 노려보고 있었다.

앞차가 휘청거리자 다들 차에서 멈추고 움직이는 순간 유천의 기관총이 불을 뿜었다.

타다다닥!

기관총은 진동이 심해 정확한 사격이 어려운 총이기도 했다.

그러나 유천의 강한 힘은 기관총이 흔들리는 것을 완전히 틀어막아 정확한 사격을 가능하게 했다.

앞에 있는 트럭에 불똥이 튀더니만 거의 만신창이로 변해갔다.

차 두 대에 있는 반군들이 전멸하는 게 한눈에 보일 정도였다.

유천은 그들을 보며 미안한 마음조차 없었다.

"개새끼들."

이념. 그런 건 관심도 없었다. 아직 어린 소녀들을 농락하는 저들의 행태에 불만이 가득할 뿐이다.

유천은 그들에게 베풀 자비 같은 건 꿈도 꾸지 않았다.

"와 봐라."

유천의 눈이 번뜩였다.

소란한 소리가 들리더니만 반군이 밀림 쪽으로 다가오는 모습이 보였다.

"웃기고 있네."

유천은 기관총으로 다시 난사했다.

타다다닥!

밀림 속으로 움직이던 반군들이 온몸을 비틀며 쓰러지는 것이 한눈에 보였다.

유천은 좌우로 흩어진 반군들에게 나란히 기관총탄을 선사했다.

소총탄보다 훨씬 강력한 기관총탄은 단 한 방으로 사람을 황천길로 인도했다. 유천은 혼자란 걸 숨겨야 했다.

타탁.

소총을 들고 곧바로 왼쪽으로 움직였다. 왼쪽으로 간 유천이 살아 있는 반군들을 향해서 사격했다.

탕탕.

일부러 단발로 놓고 움직이는 유천이었다. 한 발 쏘고 움직이고 한 발 쏘고 움직이는 동작이 신속하고 정확했다.

보통 사람 같으면 어림도 없는 일이었지만 유천에겐 가능했다.

왼쪽 밀림에 있는 반군들을 소탕한 유천이 이번에는 오른쪽으로 향했다.

탕! 탕!

총알이 날아갈 때마다 반군들이 가슴을 부여잡고 쓰러져 갔다.

정확히 급소를 강타하는 총탄이었다.

유천은 다시 기관총을 잡고 전면을 노려봤다.

"얼씨구?"

유천이 어이없어 웃고 말았다. 나머지 트럭 두 대에 있던 반군들이 일제히 뒤로 도망가는 것이 아닌가.

"새끼들이."

유천은 반군들의 모습에 피식 웃고 말았다.

눈앞에 동료들이 죽어가는 모습에도 공포에 질려 도망간 것이다.

"의리라곤 쥐뿔도 없는 새끼들."

유천은 더 이상 망설이지 않고 기관총을 어깨에 멘 채 뒤돌아 걸어갔다. 저렇게 공포에 질린 적들이 다시 공격해 온다는 건 꿈도 꾸기 힘들었다.

유천은 도망친 반군들을 보고도 자리에서 꼼짝하지 않았

다. 혹시 새로운 반군들이 여기를 공격해 올지 몰랐다. 매사
는 안전한 것이 최선이었다.

10분, 20분, 30분, 한 시간이 흐르자 유천이 시계를 보곤 자
리에서 일어섰다.

"이 정도면 됐지?"

유천이 낮게 중얼거렸다.

한 시간이 훨씬 지난 시간, 김명환과 소녀들을 태운 차는
이미 한참 멀리 떨어졌음이 분명했다.

이제는 반군들이 추적한다손 치더라도 잡을 수 없는 거리
다. 유천이 싱긋 웃으며 주머니에서 사탕 하나를 입에 물었
다.

"다네."

달콤한 설탕 맛이 입안 가득히 퍼졌다. 마치 유천의 마음을
대변한 듯이 입안에서 퍼진 향기는 온몸으로 스며들었다.

유천은 기관총을 어깨 위에 걸쳤다.

"가볼까?"

유천은 곧바로 콜로네가 알려준 반군 진지 쪽으로 걸음을
옮겼다.

척척.

밀림 속을 헤쳐 나가는 유천이 싱긋 웃었다.

"도대체 밀림을 얼마나 왔다 갔다 하는 거야?"

지긋지긋할 정도였다.

그러나 유천은 이번이 마지막이길 바라면서 밀림 속으로 한 발 한 발 전진해 갔다.

독사, 독충 그따위는 관심도 없었다.

이미 밀림에 익숙해질 대로 익숙해진 몸과 마음이었다.

독사가 나타나면 베고, 독충이 나타나면 손으로 쳐 버렸다.

그렇게 한참을 전진하는 유천의 온몸은 땀으로 흠뻑 젖었다.

"도대체 이 날씨는 적응이 안 돼."

유천이 살짝 짜증을 내면서도 걸음을 멈추지 않았다. 그렇게 꼬박 네 시간을 전진하자 밀림의 끝이 저 멀리 보이기 시작했다.

유천은 이를 부드득 갈며 말했다.

"만약 옮겼으면 다 죽었어."

이토록 개고생을 시켰는데 헛발질하고 싶은 생각은 전혀 없었다. 유천이 밀림 끝에 거의 접근해서 망원경을 들었다.

"훗."

유천의 입에서 작은 웃음소리가 흘러나왔다.

콜로네 말대로 거기에는 아직 반군들이 우글거리고 있었다.

"하나, 둘."

입으로 숫자를 세던 유천이 마지막으로 센 숫자는 열다섯이었다.

"열다섯이라."

유천은 망원경으로 여기저기를 살펴보고는 만족한 미소를 지었다. 반군들이 모여 있는 곳은 본대와는 2킬로미터 이상 떨어진 곳이었다.

그 정도 거리라면 충분히 해치울 시간이 있다는 것을 알았다.

척!

유천이 기관총을 옆구리에 끼고 한 손에는 소총을 들었다.

뚜벅뚜벅.

밀림을 나가는 유천의 발걸음은 전혀 거침이 없었다. 밀림을 나선 지 얼마 되지 않아 반군 두 명이 유천을 보곤 소리쳤다.

"누구냐!"

"재수없는 놈들."

투두두!

말과 동시에 유천의 기관총이 불을 뿜었다. 두 명의 반군이 총탄세례를 받아 몸이 만신창이 된 채 땅에 쓰러졌다.

총소리가 울려 퍼지자 초막 안에서 반군들이 튀어나왔다.

투두두두!

유천은 여지없이 기관총세례를 퍼부었다. 기관총은 반동이 큰 총이고 무거웠다.

그러나 유천의 완력은 그 정도를 충분히 막아낼 수 있는 여력이 있었다.

투두두두!

총을 쏘며 전진하는 유천의 발걸음은 전혀 흔들림이 없었다.

반군들이 쓰러지는 숫자만 셀 뿐이었다.

"열둘."

남은 것은 이제 셋이었다.

유천은 반군들이 튀어나온 마지막 초막을 주시했다. 이미 기관총을 땅에 내려놓고 소총을 겨눈 상태였다.

잠시 시간이 흐르자 초막 앞으로 총구가 슬며시 나오는 것이 보였다.

탕!

유천은 가차없이 방아쇠를 당겼다.

"큭!"

비명 소리가 들리며 쓰러지는 소리가 들렸다.

"하나."

유천은 다시 총구를 겨냥했다. 그런데 뜻밖의 사태가 벌어졌다.

초막 문이 활짝 열리며 두 손을 번쩍 든 두 반군이 걸어 나오는 것이었다.

"잔머리는."

유천은 천천히 그쪽으로 다가섰다.

"사, 살려주십시오."

"영어할 줄 알아?"

"네, 조금 제가 압니다."

"그쪽은?"

반대쪽을 가리키자 벌벌 떨던 반군이 고개를 저었다.

"대장께서는 영어를 못하십니다."

탕!

그 말과 동시에 유천이 또 한 발을 발사했다. 가슴을 움켜잡고 쓰러지는 반군 두목이 원한에 찬 표정으로 노려보자 유천이 발로 툭 찼다.

쿵!

바로 얼굴이 땅으로 파묻히며 잠시 격렬하던 반군 두목이 그대로 경직됐다.

나머지 한 명 반군이 손을 번쩍 들고 공포에 떨며 소리쳤다.

"제, 제발 살려주십시오."

"넌 뭐야?"

"반군 부두목입니다."

"개나 소나 다 부두목이네. 여자들은?"

"아, 안에 있습니다."

"데려와."

초막 안을 손끝으로 가리키자 반군 부두목이 벌벌 떠는 몸으로 들어갔다. 이미 문이 활짝 열려서 안의 전경은 훤히 보였다.

두 명의 여자가 꽁꽁 묶인 채로 있는 모습이 보였다.

온몸에는 하나도 걸치지 않은 모습이었다. 침대에 팔과 다리가 묶여 있는 소녀들은 거의 보기조차 참혹한 모습이었다.

반군 부두목이 얼른 칼로 여자들을 묶은 밧줄을 잘랐다. 그리고는 서둘러 두 여자를 독촉하는 모습이 보였다.

"빨리 일어서."

"독촉하지 마, 이 새끼야."

"죄, 죄송합니다. 빨리 나오라고 그래서."

"잘 데리고 와."

유천의 한마디에 반군 부두목이 연신 고개를 꾸벅였다.

"자, 가자."

"옷도 입혀, 이 자식아!"

"네, 네. 옷 입혀야죠."

반군 부두목이 거의 걸레가 된 옷을 소녀들에게 걸쳐줬다. 그리고 얼마 지나지 않아 반군 부두목과 두 명의 여자가 초막을 나왔다.

유천은 한 소녀에게 다가가 말했다.

"영어 할 줄 알지?"

"조금이요."

"콜로네라고 알아?"

"크, 클로네를 아세요? 친구예요."

약간 놀란 모습인 소녀에게 유천이 말했다.

"부탁을 받고 왔다. 가자."

"어, 어디로요?"

"집으로."

유천의 담담한 말에 소녀가 갑자기 눈물을 주르륵 흘렸다. 왜 우는지 모르지 않는 유천이지만 애써 외면했다.

"시간이 없어. 가자. 조금 있으면 반군들이 밀어닥칠 거야."

"네."

풀썩.

그런데 힘없이 쓰러지는 것이 아닌가. 워낙 침대에 오래 묶여 있어 다리에 힘이 빠진 것이다.

유천이 시선을 돌려 부두목을 노려봤다. 반군 부두목은 기겁하며 소리쳤다.

"제, 제가 한 거 아닙니다!"

"그럼 누가 했어?"

"저기 죽은 인간이."

유천은 그 말을 아예 믿지도 않았다. 그러나 지금은 반군 부두목이 필요했다.

"차 몰 줄 알지?"

"네, 압니다만."

"가자."

"어, 어디로 말이니까?"

반군 부두목이 쩔쩔매며 묻자 유천이 단호하게 지시했다.

"어디긴 어디야? 반군들이 없는 곳이지. 이쪽 길로 쭉 가면 돼."

"네, 알아 모시겠습니다."

"그쪽에 반군 없어?"

"네, 그쪽에는 밀림 쪽이라 없습니다."

"빨리 가자."

"네."

반군 부두목이 움직이려 하자 유천이 총구로 머리통을 툭 툭 쳤다.

"야, 인마. 저기 소녀들 업어야지."

"두 명을 다요?"

"부축이라도 해."

"네."

기겁한 반군 부두목이 얼른 여자 둘과 함께 트럭 쪽으로 서둘러 걸음을 옮겼다. 뒤를 따라가던 유천이었다.

운전석의 문을 연 유천이 반군 부두목에게 말했다.

"올라 타."

"네."

부두목은 살기 위해서 뭐든지 대답하는 예스맨과 같았다. 유천은 마지막으로 잡아온 블랙맘바를 슬며시 땅에 풀어줬다.

"후후."

혹시 반군들이 들이닥치면 꿈틀거리는 블랙맘바에 놀라 허둥대는 꼴이 눈에 선했다.

6장

귀국

  유천은 그런 반군 부두목의 마음 같은 것은 아랑곳하지 않았다.

  바로 소녀 둘을 조수석에 태웠다. 그리고는 곧바로 유천도 천막이 쳐진 트럭 뒤에 올라탔다.

  "가."

  "네, 출발하겠습니다."

  "허튼짓하면 뒤통수에 구멍 난다."

  "그럼요. 살려만 주십시오."

  "열심히 하면 고려해 보지."

유천의 한마디에 반군 부두목은 희망을 본 듯 얼른 차를 몰았다.

부르르릉.

유천이 그런 반군 부두목의 뒤통수에 한마디 했다.

"반군들 따라오면 죽는다."

"최고 시속으로 달리겠습니다."

부아앙!

거의 박물관에 있음직한 트럭은 사력을 다해 엔진 출력을 높이기 시작했다.

비포장도로를 덜컹거리며 가는 통에 유천이 살짝 짜증이 났다.

승차감은 제로였다.

그러나 빨리 가지 않는다면 반군과 다시 마주칠 공산이 컸다. 두렵다기보다도 또 한 번 총질하는 것이 귀찮았다.

"좀 조용히 살자."

유천이 총을 거머쥔 채 자신도 모르게 중얼거렸다.

반군 부두목은 감히 저항할 엄두도 내지 못하고 운전에만 전력을 다하는 모습이었다.

그렇게 두 시간을 달리자 마침내 김명환과 약속한 도시의 모습이 멀리 보였다.

"여기 세워."

유천의 한마디에 반군 부두목이 즉각 차를 세웠다.

끽!

차가 서자마자 내려선 유천이 부두목에게 말했다.

"가만히 있어."

"그, 그럼요. 꼼짝도 하지 않겠습니다."

유천은 두 소녀에게 다가섰다.

"여기서 걸어갈 순 있겠지?"

불과 거리라 봐야 500미터 내외였다. 언덕 위에라 마을에서는 이쪽이 잘 보이지 않는 곳이기도 했다.

"같이 안 가시나요?"

"안 가."

"왜요?"

"아니. 여기가 좋아. 그리고 남에게 얼굴 알리고 싶지 않단다. 네 친구에게 전해. 약속 지켰다고 말이야. 어서 가라."

유천의 말에 잠시 망설이던 소녀가 잠시 비틀거리며 마을 쪽으로 걸어가는 모습이 보였다. 그제야 유천이 반군 부두목에게 말했다.

"지금부터 동전 던지기를 하자."

"동전 던지기라니요?"

"앞이 나오면 죽고, 뒤가 나오면 산다. 던져."

반군 부두목이 할 말을 잃었다.

"셋 셀 동안 안 던지면 그냥 죽는다."

"던지겠습니다."

반군 부두목의 표정이 묘하게 변해갔다. 자기가 알고 있는 모든 신을 입에서 중얼거리는 듯 입이 연신 움직이고 있었다.

"빨리 던져."

유천의 재촉에 반군 부두목이 떨리는 손으로 허공에 동전을 던졌다.

탁!

땅에 떨어진 순간 반군 부두목이 그쪽으로 시선을 돌렸다.

픽!

유천의 주먹이 반군 부두목의 뒤통수를 내려쳤다.

쿵!

단 한 방에 반군 부두목은 끽소리도 못하고 곧바로 황천길을 떠났다. 유천은 반군 부두목을 질질 끌어 숲 속에다 집어던졌다.

쿵!

그리고는 땅에 떨어진 동전을 보지도 않고 흙으로 슬쩍 덮어버렸다.

"뒤였어."

유천의 짤막한 한마디였다.

그렇게 30여 분을 지났을까? 저 멀리서 김명환이 뛰어오는 모습이 보였다.

김명환은 정말 활짝 웃는 모습으로 유천에게 다가섰다.

"살아왔군요."

"그럼 죽을 줄 알았습니까?"

"어떻게 구했습니까?"

"싹 쓸었습니다."

담담한 유천의 말에 김명환은 소름이 끼침을 느꼈다.

유천의 말뜻이 무엇을 의미하는지 모르지 않았다. 하지만 김명환은 이내 표정을 바꾸고 유천을 바라봤다.

"대단하신 분이군요."

"글쎄요. 이제 다 해결됐습니까?"

"그럼요. 이젠 아무 문제없습니다. 정부에서도 철저히 지켜주기로 했습니다."

유천은 그제야 길고 긴 여정이 막을 내림을 느꼈다.

"그럼 이젠 어떻게 하실 겁니까?"

"당분간 피해야지요. 언젠간 때가 올 겁니다. 그리고 정말 고맙다는 말을 전하고 싶습니다."

"아닙니다."

"약속대로 희토류를 개발하게 되면 이익의 반을 드리겠습니다."

"뭐 주신다면 사양하지 않겠습니다."

유천은 거절하지 않았다. 준다는데 거절하고 싶은 마음도
없다.

그러자 김명환이 묘한 눈빛으로 바라봤다.

"당신 참 독특한 인간이군요."

"준다 하는데 마다할 이유가 없죠. 안전한 데는 알고 계십
니까?"

"이쪽 바닥에서 얼마나 살았는데요. 몇 년이고 숨어 지낼
자신은 있습니다."

"알겠습니다."

유천의 시큰둥한 대답에 김명환이 눈을 빛냈다.

"휴대폰 번호 좀 주십시오. 무슨 일이 생기면 전화하겠습
니다."

"어려울 때 부를 거 같은 생각이 듭니다만."

"반이면 그 정도 권리는 있지 않습니까?"

"희토류가 아니라 그쪽 분 성격을 믿고 드리는 겁니다. 제
휴대폰 번호가······."

유천이 가르쳐 주자 몇 번이고 되뇌어 머릿속에 되새긴 김
명환이 손을 내밀었다.

"조심하십시오."

두 사람은 강하게 손을 잡고 마지막 이별의 정을 나눴다.
유천이 김명환에게 지나가는 말처럼 물었다.

"주돈수 회장에게 복수할 생각이십니까?"

"당연히 해야지요."

"어떤 식으로 할 겁니까?"

유천이 눈을 빛내며 묻자 김명환이 신중한 목소리로 대답했다.

"내가 아무리 사실대로 얘기해도 그는 돈과 권력의 힘으로 무마할 겁니다."

"그쪽 족속들이 그렇지 않습니까?"

유천이 당연한 듯 대답하자 김명환이 피식 웃었다.

"남자의 복수는 시간이 걸려도 하면 되지요."

"그 말이면 됐습니다."

유천은 더 이상 묻지 않았다.

김명환의 머릿속에 있는 계획을 들어서 자신까지 골치 아플 필요는 없다. 그리고 이제는 여기 일을 깔끔이 잊어버릴 생각이었다.

김명환이 유천을 바라보며 한마디 했다.

"정말 고맙다는 말밖에 할 수 없다는 게 서글픕니다."

"약속만 지키시면 됩니다."

"지키지요."

김명환이 힘차게 고개를 끄덕였다. 김명환의 입장에서는 유천과 반목한다는 건 있을 수 없는 일이다.

유천의 능력과 그 비정함을 잘 알기에 생각만 해도 몸서리
가 쳐졌다. 유천은 그런 김명환의 마음을 짐작한 듯 환하게
웃었다.

"제가 친구한테는 잘합니다."

"그런가? 영원히 친구로 남겠습니다."

김명환이 손을 내밀자 유천이 마주잡았다.

"자, 그럼 행운을 빕니다."

두 사람은 화기애애한 가운데 헤어졌다.

김명환과 헤어진 유천은 곧바로 한국으로 전화했다. 이제
는 다시 한국 일이 궁금할 뿐이었다.

―형님, 아니, 사장님.

"어떻게 지내고 있어?"

―말도 마십시오. 도대체 왜 연락이 안 되셨습니까?

"연락이라니?"

―휴대폰을 몇 번을 했는지 모르겠습니다. 한 수백 통 했을
걸요?

이주봉의 다급한 목소리에 유천이 물었다.

"무슨 일 있어?"

―일 정도가 아니라 여기 난리입니다.

"난리라니?"

—자세한 이야기는 들어와서 하십시오. 전화상으로 하기 집니다.

이주봉의 목소리에 유천이 살짝 난처한 기분이 들었다.

"다른 일도 처리하고 가야되는데."

—지금 그럴 시간 없습니다. 지금이라도 연락이 돼서 얼마나 다행인지 모르겠습니다.

"그렇게 급해?"

—큰일입니다. 아차 하면 회사가 넘어갈 판입니다.

"기다려. 곧 귀국하지."

유천은 더 이상 말하지 않았다. 이주봉이 이렇게 호들갑을 떠는걸 보니 일이 심각하게 돌아간다는 걸 알았다.

자세한 얘기는 몰랐지만 들어가면 알 일이었다. 유천은 깔끔하게 대답한 후 이제는 새로운 고민에 빠졌다.

아프가니스탄에서 기다리는 작자들을 생각하니 골이 아팠다.

"지랄할 텐데."

그러나 지금 급한 건 한국 일이란 마음에 유천은 그 생각으로 휴대폰을 들었다. 통화음이 두 번도 울리기 전에 상대의 목소리가 들렸다.

—이제 오는 건가?

"좀 늦춰야 될 것 같아."

―그게 무슨 소리지?

"한국에 일이 급해져서 말이야."

―그 무슨 말도 안 되는, 당장 들어와.

상대방이 목소리를 높였다. 그 순간 유천은 비위가 확 상함을 느꼈다.

"나 하는 일 다 말아먹고 가라고?"

―빨리 오기로 하지 않았나.

"그건 사정이 없을 때 이야기지."

―그래서 못 오겠다는 건가?

상대방의 목소리가 싸늘하게 변했지만 유천은 눈 하나 깜짝하지도 않았다.

"그래서 어쩔 건데?"

―좋지 않을걸.

"시건방진 소리하지 마."

유천이 과감하게 자르자 상대방의 목소리도 더욱 사나워졌다.

―우리가 누군지 모르나?

"내가 누군지 몰라?"

―뭐라고?

"건드리고 싶으면 건드려. 그러나 그 뒤 책임도 지란 말이야."

유천의 살벌한 목소리에 상대방의 목소리가 살짝 움츠러
들었다.

―그렇게 자신 있나?

"해보라고. 더 신경 건드리면 그쪽으로 가지도 않을 테
니."

유천의 한마디에 상대방이 좀 갈등이 생긴 모양이었다. 잠
시 시간이 흐른 후 상대방의 약간 부드러운 목소리가 들렸다.

―언제까지 올 수 있겠나?

"한국 일 처리하는 대로 바로 가지."

―이번에는 약속을 지키겠지?

"별다른 변수가 없는 한."

유천의 짤막한 말에 상대방은 울화가 터진 듯한 목소리로
말했다.

―대체 언제까지 기다리란 말인가?

"급한 건 내가 아니야."

그 한마디에 유천의 진심이 드러났다.

사실 그대로였다. 급한 건 저쪽이지 유천은 절대 아니었
다.

그까짓 것 안 배우고 모르면 그만이었다. 그러자 상대가 조
금 누그러진 목소리로 말했다.

―도대체 무슨 일인가?

"그 알량한 정보력 뒀다가 뭐해? 나중에 알아보면 되지. 이만 끊지."

—아니, 잠깐만.

상대방의 목소리를 무시하고 전화를 끊었다. 유천은 휴대폰에 대고 차갑게 말했다.

"어따 대고 협박질이야."

유천은 더 이상 아프가니스탄에 미련을 버리고 이제는 한국만을 생각했다.

주 회장.

이젠 연락할 시간이다.

김명환도 피했고 모든 일이 마무리된 시점이다.

유천은 시내에 들어가자마자 호텔에 들어가 이메일을 보내곤 전화를 걸었다. 물론 이 메일 수신자는 주돈수 회장이었다.

—여보세요? 대진그룹 회장실입니다.

"정유천이라고 합니다. 회장님께 전해주십시오."

—잠시만요.

그리고는 1분여 동안을 기다린 유천에게 목소리가 들려왔다.

—정유천이라고?

"회장님, 오랜만입니다."

―자네 대체 어떻게 된 건가? 얼마나 걱정했다고.

가증스러운 목소리에 유천은 헛웃음이 나왔다.

"절 걱정하셨습니까?"

―그걸 말이라고 하나? 여긴 난리도 아니네. 구출팀이 전멸하고 김명환도 죽었다고. 참, 어떻게 이런 일이…….

슬픈 목소리까지 흉내 내는 주돈수 회장을 보고 유천은 내심 비웃음이 절로 나왔다.

'그렇게 돈 벌고 싶냐?'

그러나 겉으로는 점점 더 차가운 목소리로 말했다.

"그런데 회장님, 어쩝니까?"

―뭘 말인가?

"제가 모든 것을 동영상으로 찍어놨습니다."

―무슨 동영상 말인가?

주돈수 회장의 목소리가 살짝 떨리는 것을 느꼈다. 유천은 내친김에 화끈하게 밀고 나갔다.

"구출팀이 김명환이 있던 초막을 박살 내는 장면입니다."

―…….

주돈수 회장이 침묵하자 유천이 느물거리며 말했다.

"이 동영상이 아마 뉴스를 타면 재밌는 광경이 벌어질 텐데요."

―…….

침묵이 흐르자 유천이 한마디 했다.

"지금 메일을 열어보시지요."

—메일?

"메일에 보내놨습니다."

—잠시만 기다리게.

이내 담담한 목소리를 되찾은 주돈수 회장이다. 그러나 3분 정도 지났을 무렵 주돈수 회장은 이미 크게 흔들리는 목소리로 유천에게 말했다.

—도대체 이게…….

"그게 세상에 알려지길 원하십니까?"

—…원하는 게 뭔가?

역시 대기업 회장답게 나왔다. 유천은 그런 주돈수 회장에게 느긋하게 말했다.

"알아서 판단하십시오."

—섭섭지 않게 보답하면 되겠나?

"제 목숨값이 좀 비쌉니다."

—걱정 말게.

주돈수 회장이 여유롭게 말하자 유천의 이마가 찡그려졌다.

"다시 이런 장난 안 하시겠죠?"

—그럼. 이건 실수였네.

"잘못하면 그룹이 공중분해되는 건 두 번째 일이고 회장님이 교도소에 들어가야 할 텐데요. 이건 못 빠져나올 겁니다. 워낙 사안이 중해서."

유천의 한마디에 주돈수 회장이 흔들렸다.

—…좋아, 말하게. 달라는 대로 주지.

"찾아가면 바로 주십시오. 만약 아니라면 이거 세상에 터집니다."

—자네 지금…….

"맞습니다. 협박하는 겁니다. 남의 목숨 가지고 장난치지 마, 인간아. 알았어?"

유천의 싸늘한 말에 주돈수 회장은 더 이상 뭐라고 할 수가 없었다.

지금 유천과 싸운다면 자신이 어떤 꼴이 될 건지는 뻔했다.

—사실 내 실수…….

"실수 같은 소리 하지 말고 돈이나 줘."

전화를 뚝 끊은 유천의 눈이 시퍼렇게 빛났다.

"개새끼."

그길로 비행기를 타고 김포공항에 도착한 유천이 시원하게 숨을 들이켰다.

"역시 한국이 좋아."

한국에서 편안하게 살고 싶은 마음이 굴뚝같았다. 그러나 현실적으로는 아직 처리해야 될 일이 많다는 걸 잘 알았다.

"갑자기 인생 바빠지네."

유천은 전과 180도 달라진 생활에 어느 정도 적응은 했다. 하지만 그래도 편안히 살고 싶은 건 인간의 기본 욕구 아니겠는가.

얼른 복잡한 일을 끝내고 안정된 삶을 찾고 싶었다. 이런저런 생각을 하면서 입국장을 나서던 유천이 그를 마중 나온 이주봉을 발견했다.

이주봉은 반색하며 유천 가방을 들었다.

"대표님."

"뭘 둘밖에 없는데 대표라고 그래."

"예, 형님 정말 잘 오셨습니다."

이주봉의 표정은 마치 지옥에서 구세주를 만난 듯한 표정이었다.

표정 하나만 봐도 사안의 심각성을 파악한 유천이 서둘러 물었다.

"그렇게 급했어?"

"말도 마십시오. 혼자 처리하자니 끔찍한 게 한두 가지가 아니었습니다."

"자세히 이야기해 봐."

"일단 차에 오르시지요".

이주봉을 따라 공항 밖을 나서자 수입 고급차 한 대가 대기하고 있었다. 처음 보는 차에 의문이 생긴 유천이 물었다.

"이건 또 뭔 차냐?"

"수리 들어온 차를 가지고 왔습니다."

"야, 손님차를 가지고 오면 되냐?"

"일단 성능 시험차 주행하라는 차 주인의 허락이 있었습니다."

"그래? 그러면 타보자."

유천은 망설임없이 뒷좌석에 올랐다.

벤츠 최고급형답게 안락한 시트가 유천의 몸을 감싸듯 포근하게 만들었다. 운전석에 앉은 이주봉이 천천히 차를 출발시켰다.

부우웅.

차가 어느 정도 속도가 붙자 유천이 담담하게 물었다.

"도대체 무슨 일이야?"

"수리공장에 문제가 생겼습니다."

"문제라니?"

"외국에서 온 기술자들이 영 말을 듣지 않습니다."

"그건 또 무슨 소리야?"

유천 인상이 사나워지며 목소리가 조금 높아졌다. 그러자 이주봉은 기다렸다는 듯이 설명을 늘어놓았다.

"아무래도 우리의 약점을 물고 늘어지고 있습니다."

"약점이라니?"

"자기들이 아니면 수입 자동차 수리가 불가능하다는 얘기죠."

"그래서 기름밥 먹은 티를 내겠다는 거야?"

유천의 목소리가 조금 날카로워졌다. 이주봉이 움찔거리면서도 유천에게 자세하게 설명하려 애를 썼다.

"그게……."

"일단 가서 얘기하자."

"아니."

"운전할 때 너무 떠들면 안 돼."

"예, 그러면 가서 보십시오."

이주봉은 더 이상 말을 꺼내지 않았다.

유천은 느긋하게 팔짱을 낀 채 눈을 감았다. 사실 설명을 지금 들으나 나중에 겪어보나 상관이 없었다.

그러나 당장 중요한 건 그가 극도로 피곤하다는 사실이었다.

"지긋지긋해."

아프리카에 간 후 단 하루도 편안하게 자본 날이 없었다.

물론 얻은 수확이 컸지만 두 번 다시 하고픈 일은 결코 아니었다. 거기다 돌아오는 비행기 안에서도 꼬박 눈을 뜨고 온 터였다.

당연히 사람인 이상 피곤함이 몰려오는 건 당연했다. 물론 능력으로 막을 수는 있었지만 굳이 그렇게 할 생각은 없었다.

'잘 때는 자야지.'

유천은 그 생각을 하며 스르르 깊은 잠에 빠져들었다.

본사 사무실에 도착한 유천이 망설임없이 들어섰다.

그러나 다음 순간 유천은 고개를 갸웃거리며 이주봉에게 물었다.

"다 어디 간 거야?"

"일단 앉으십시오. 천천히 설명해 드리겠습니다."

이주봉이 이마에 땀을 뻘뻘 흘렸다. 사무실에는 단 두 명이 일어서 인사할 뿐 나머지 의자는 텅 비어 있었다.

유천의 눈에 든 두 직원도 그다지 좋은 표정은 아니었다. 유천은 곧바로 이주봉을 이끌고 자신의 사무실 안으로 향했다.

소파에 앉자마자 유천이 최대한 느긋한 목소리로 물었다.

"설명해 봐."

"실은."

다시 말을 더듬거리는 이주봉을 보고 유천이 미소를 보였다.

"이미 벌어진 일, 설명이라도 들어보자."

"죄송합니다. 제가 무능력해서."

"들어본 다음에 판단하지."

유천은 치밀어 오르는 화를 누르고 천천히 마음을 진정시켰다.

다그치지 않는 유천의 태도에 이주봉이 조금 안심한 듯 천천히 사연을 털어놓았다.

"외국 정비사들이 문제였습니다."

"무슨 문제?"

"문화적 차이였죠. 그들은 하루 8시간만 일했습니다."

"그럴 수도 있지."

유천은 프랑스에서 살았던 경험이 있었기에 충분히 이해하는 일이었다. 또한 그에 맞추어 철저하게 임금계산까지 마친 후였다.

그러나 이주봉은 그런 유천의 허점을 찔러댔다.

"8시간만 일하는 것은 어쩔 수 없다지만 작업속도가 늦습니다."

"파업이라도 했다는 거야?"

"아닙니다. 철저한 정비는 그들의 신념이더군요."

"좋은 일이잖아."

유천이 반문하자 이주봉이 고개를 저었다.

"문제는 임금 대비 회사수입이 별로 없다는 점입니다."

"그러니까 단가가 안 맞았다는 거야?"

"그런 점도 있었습니다. 그렇다고 적자는 아니었습니다."

"그런데 뭐가 문제야? 처음부터 떼 돈 벌려는 속셈이 잘못된 거 아니야?"

유천이 큰 배포를 보이자 이주봉이 조금 마음이 풀린 듯 굳은 얼굴이 약간 풀렸다.

"야간정비를 못하는 거까지는 좋습니다. 제가 머리를 써서 주야간을 돌렸습니다."

"야간수당도 줬겠군."

"안 주면 일을 안 하니까요. 핵심은 그게 아닙니다."

"그게 아니라니?"

유천이 살짝 눈살을 찌푸렸다. 이주봉은 내친김에 있는 그대로 털어놓았다.

"연봉을 올려달라고 합니다."

"연봉이라니? 미리 협상한 거 아닌가?"

"물론했지요. 그런데도 자신들이 하는 일이 많으니 올려달라는 거죠."

"그래서?"

유천이 묻자 이주봉이 즉각 대답했다.

"올릴 수가 없었습니다. 제가 최종결정권자가 아니니."

"계속해 봐."

유천의 말에 이주봉이 그때서야 자신의 성격을 찾은 듯 또 박또박 이야기했다.

"저희의 약점을 노린 겁니다. 그들이 없다면 정비공장은 바로 문 닫아야 되는 거 아닙니까?"

"뭐 현재로서는 다른 기술자가 없으니."

"그걸 노리고 연봉을 올려달라는 겁니다."

"말도 안 되는 소리."

유천이 인상을 확 찌푸렸다. 그 모습에 이주봉이 얼른 화답하고 나섰다.

"제 말이 그 말입니다. 더군다나 올려달라는 금액이 상상을 초월합니다."

"어느 정도인데?"

"연봉 200%를 인상해 달랍니다."

"그 양반들 미친 거 아니야?"

유천이 인상을 확 찌푸렸다.

자신이 데리고 올 때부터 좋은 대우를 해주었다.

그런데 뚱딴지같은 요구를 하는 정비사들을 보지 않아도 열이 훅 치밀어 올랐다.

"제 말이 그 말입니다. 그래서 정비공장은 지금 거의 쉬고 있는 상황입니다."

"파업을 하겠다는 거야?"

"임금이 인상되기 전까지는 절대 일하지 않겠답니다."

이주봉의 말에 유천이 빙그레 웃었다.

"주봉아."

"말씀하십시오."

"사람이 말이야. 화장실 갈 때와 나올 때가 똑같아야 되는 거야."

"저도 그렇게 생각합니다."

이주봉이 분한 듯 얼굴이 확 달아올랐다.

유천은 그때서야 사정을 모두 이해했다.

이주봉의 힘으로 문제를 처리하기에는 역부족이었다. 큰 돈이 개입되는 사건에 자신의 결정이 꼭 필요했다.

그런데 자신이 있던 곳을 생각하니 한숨이 나왔다. 아프리카 오지에서 그것도 휴대폰조차 터지지 않는 곳에서 혼자 방황했다.

'뭐 이런 일이 터지나.'

유천은 곧 냉정을 되찾고 머릿속으로 판단을 내려야만 했다.

잠시 침묵하는 유천을 보고 이주봉이 눈치를 보고 있었다. 유천은 그런 이주봉에게 한마디 했다.

"가서 냉수 한 컵 마시고 와."

"네?"

"정신 바짝 차리고 오라고."

유천의 말에 이주봉이 얼른 일어나 인사하고는 밖으로 나
갔다.

혼자 남은 유천이 팔짱을 끼고 깊은 생각에 잠겼다.

이건 자신이 해결해야 될 문제였다. 유천의 머릿속에 여러
가지 경우가 왔다 갔다 했지만 결론은 하나였다.

"내 뜻대로."

그 마음을 품고 나자 한결 속이 편했다.

7장

배짱

　얼마 지나지 않아 이주봉이 다시 사무실 문을 열고 들어왔
다. 유천은 손짓해 이주봉을 앉힌 후 입을 열었다.

　"사무실 직원들은 어떻게 된 거야?"

　"실은 제가 월급을……."

　"월급이라니?"

　"정비소에 들어가는 돈이 많다 보니 예산만으로는 부족했
습니다."

　이주봉의 말에 유천이 성질을 죽이고 말했다.

　"그래도 월급은 줘야지."

"사정을 얘기했습니다. 사장님이 자리를 비워서 어쩔 수 없었다고요."

고지식한 이주봉의 태도를 보고 유천이 웃고 말았다.

"주봉아."

"말씀하십시오."

"너 군대물 언제 뺄래?"

"네?"

깜짝 놀란 이주봉이 고개를 들자 유천이 말했다.

"너 내가 없으면 여기 총책임자야. 재량껏 해야지."

"아니, 그래도 돈이 얼마인데요."

유천은 이주봉의 마음을 십분 이해했다. 그가 생각하기에 거금의 돈을 함부로 쓰기 어려웠던 모양이었다.

답답했지만 한편으로는 좋은 일이기도 했다. 이주봉에게 살림살이를 맡기면 최소한 들고튀진 않을 것 같았다.

한결 편해진 마음으로 유천이 물었다.

"그래서 사무실 직원들이 그만둔 거야?"

"꼭 그것만은 아닙니다. 월급 체납된 지 불과 며칠 되지 않았습니다."

"그럼 왜 그만둔 거야?"

"전망이 없다고 나갔습니다."

"잘 나갔네."

유천의 말에 이주봉이 깜짝 놀랐다.

"잘 나가다니요?"

"그런 직원들 필요 없어. 저 두 명은 뭔가?"

"끝까지 함께 가겠다고 버티고 있습니다."

가만히 생각하던 유천이 한마디 했다.

"지금 나갔던 직원 통장으로 모두 월급 이체시키고 저 두 사람도 월급 줘. 특별히 보너스로 50%로 더 넣어줘."

"그렇게 함부로 돈을 쓰면 안 됩니다."

"쓸 때는 써야지."

"……."

유천의 한마디에 이주봉은 더 이상 말하지 않았다. 어느 정도 문제를 파악한 유천이 소파를 박찼다.

"일단 공장으로 가보자고."

"알겠습니다. 제가 바로 차를 준비하겠습니다."

이주봉이 사무실을 나가자 천천히 일어선 유천이 밖으로 나가 두 명의 직원에게 다가섰다.

"오셨습니까."

두 직원이 쭈뼛거리며 일어섰다. 그러나 유천은 오히려 미소 지으며 그들에게 말했다.

"왜 회사에 남아 있습니까?"

"저는 사장님 말을 믿습니다."

"무슨 말?"

"처음에 했던 말 기억하지 못하십니까?"

"아, 그거."

유천은 빙그레 미소 지었다. 두 직원은 한마디 말했다.

"저희도 다른 선배들 얘기 들었습니다. 이런 회사 없다고 하더군요."

"월급도 체납했잖아."

"그거야 뭐 사장님이 안 계시니까."

"바로 입금됐을 거야."

돈이 들어왔다는 소리에 두 사람의 얼굴이 환하게 밝아졌다. 유천은 손을 내밀며 악수를 청했다.

"잘해보자고."

"그런데 직원들이 없어서."

"요즘 같은 불경기에 직원 구하기가 어렵겠나?"

"아닙니다."

"두 사람이 알아서 채용공고를 내."

유천 지시에 잠깐 당황했던 직원들이 얼른 대답했다.

"그렇게 하겠습니다."

"나는 잠깐 현장에 다녀오지."

"문제가 많은 걸로 들었습니다만."

한 직원이 쭈뼛거리며 얘기하자 유천이 담담하게 말했다.

"대표가 하는 일이 그거지 뭐. 사무실 부탁해."

유천은 그 말을 마지막으로 사무실을 나섰다.

다시 차를 타고 이동하던 유천이 이주봉에게 물었다.

"누가 제일 문제야?"

"트레나르라는 인물입니다. 외국인 정비공 중에서 한마디로 입김이 제일 세죠."

"노조를 결성했다는 건가?"

"그런 건 아니지만 그 사람 말에 정비공들이 우르르 움직이고 있습니다."

"그래? 그럼 도착하자마자 그 사람을 사무실로 데려와."

유천의 짤막한 말에 이주봉이 바짝 긴장했다. 유천의 성격을 잘 알고 있는 그로서는 무슨 일이 벌어질지 예측불허였다.

정비공장에 도착한 유천은 아무 말 없이 사무실 안으로 들어가 소파에 털썩 주저앉았다.

이제 곧 정비공장의 미래를 걸고 담판을 지을 생각이었다. 유천은 순간적으로 정비공장을 한 걸 살짝 후회했지만 이내 머리를 털었다.

"시작한 건 후회하지 말자."

스스로에게 다짐할 무렵 문이 열렸다.

이주봉이 금발머리의 한 외국인과 함께 들어왔다.

50대로 보이는 외국인은 유천에게도 낯이 익은 인물이었다.

이주봉이 유천에게 말했다.

"모셔왔습니다."

"이쪽으로 앉으십시오."

유천의 능숙한 프랑스어에 상대가 살짝 당황한 표정을 지었다.

그러나 이내 표정을 바로 한 뒤 유천의 맞은편에 앉았다.

"트레나르라고 합니다."

"아시다시피 정유천입니다. 일에 조건이 있으시다고요."

"그렇습니다. 우리가 원하는 건."

얘기를 꺼내는 순간 유천이 말을 잘랐다.

"한 말씀만 드리겠습니다. 이 과장에게 들었던 조건이 아니면 절대 일을 안 하시겠다는 겁니까?"

"연봉만 올려주면 합니다."

"이미 결정된 사안 아닙니까? 계약위반이네요."

"우리 없으면 정비 어려울 텐데요."

트레나르가 조금 여유로운 표정이었다.

그가 생각해도 자신들이 아니라면 정비공장이 돌아가기 힘들었다. 들어오는 차마다 모두 수입차라 그들의 손길이 닿지 않으면 힘들었다.

유천은 속으로 쓴웃음을 지었다.

'외국 놈들이 더하네.'

한국인들의 바가지 상혼에 질려 데리고 온 외국인 정비공이었다. 그런데 그들이 자신의 뒤통수를 치는 모습이 보이자 왠지 모르게 감정이 상했다.

유천은 조용히 트레나르를 바라보았다.

"다시 한 번 묻습니다. 안 합니까?"

"조건을 올려주셔야 됩니다."

너무도 당당한 말에 유천이 고개를 끄덕였다.

"좋습니다."

"올려주시겠다는 겁니까?"

"아니요. 협상결렬입니다."

"그럼 뭐 우리는 우리식대로 해야죠."

"나가셔도 좋습니다."

유천의 말에 트레나르가 못마땅한 표정을 지으며 밖으로 나갔다.

이주봉과 둘이 남았다. 이주봉이 유천에게 안절부절못하고 다가섰다.

"이대로 하면 곤란하지 않겠습니까?"

"뭐가?"

"아차 하면 정비공장 문을 닫아야 할지도 모릅니다."

"쓸데없는 소리 하지 말고 비행기 예약해."

유천의 말에 이주봉이 깜짝 놀랐다.

"또 외국 나가십니까?"

"아니, 지금 있는 외국 정비사 모두 비행기 표 끊어."

"아니, 그럼."

"다 보내지."

유천의 한마디에 이주봉이 깜짝 놀랐다.

"그럼 정비는 누가 합니까?"

"나중에 생각하자."

"그렇게 감정적으로 처리할 일이 아닙니다."

이주봉이 말리고 나섰지만 유천은 오히려 역공을 퍼부었다.

"그럼 이 상태로 계속 정비공장 운영할까?"

"그건 아니지만."

"이대로 하나 문 닫으나 똑같아. 비행기 표 끊어."

유천의 단호한 말에 이주봉은 할 수 없이 수화기를 들었다.

유천은 그런 모습을 가만히 지켜보며 조용히 눈을 감고 생각에 잠겼다.

앞으로 계획이 주마등처럼 스쳐 갔지만 유천은 깨끗이 머릿속을 비웠다.

지금은 그런 생각 할 때가 아니었다. 십여 분이 지나자 이주봉이 다시 맞은편 소파에 앉았다.

"다 예약했습니다."

"그럼 트레나르를 다시 불러."

"그러죠."

그때서야 유천의 뜻을 짐작한 이주봉이 무거운 안색으로 밖으로 나갈 준비를 서둘렀다.

그때 유천이 한마디 했다.

"네 탓 아니야."

"……."

"네 탓 아니라니까. 마음 편하게 먹어."

"…편할 리가 있겠습니까. 데리고 오겠습니다."

조금 감정이 상했는지 이주봉의 표정이 어두웠다.

얼마 후 다시 트레나르가 사무실에 모습을 드러냈다.

다시 돌아온 트레나르는 의기양양한 표정이었다. 결국 자신들 요구를 따를 수밖에 없다는 강한 자신감이 표정에서 풍겨 나왔다.

유천은 그런 트레나르를 보며 속으로 내심 코웃음을 쳤다.

'웃기고 자빠졌네.'

유천의 생각을 전혀 모르는 트레나르가 앞에 앉자 유천이 폭탄선언을 날렸다.

"그동안 수고 많으셨습니다."

"갑자기 무슨."

트레나르가 순간 당황하자 유천이 한마디 했다.

"비행기 표 모두 끊어놨습니다. 돌아가시지요."

"돌아가다니요? 그럼 공장은 어떻게 하고."

"당신 공장 아닙니다."

"아니, 그게 무슨?"

트레나르가 깜짝 놀란 표정을 지었으나 유천은 흔들리지 않았다.

"같이 일하지 못하는 조건이라면 여기서 깨끗이 헤어져야죠. 그동안 수고 많으셨습니다."

"아니, 이게……."

유천이 손을 내밀자 트레나르가 당혹스러운 표정을 지었다.

"그동안 애쓰셨으니 잘 돌아가십시오."

트레나르는 많이 당혹스러운 표정이었다.

자신의 예상과 어긋한 유천의 태도에 갈피를 잡지 못했다. 유천은 그런 트레나르에게 거듭 결정타를 날렸다.

"오늘까지 일하신 월급은 다 입금될 거니 가서 편히 지내십시오."

"아니, 그게."

트레나르는 이마에 진땀이 흘러내렸다.

동료들에게 했던 말이 수포로 돌아가는 순간이다. 자신의 말을 따르면 월급을 더 받을 수 있다고 큰소리 탕탕 쳤던 터였다.

물론 동료들이 자신을 위임해서 움직인 건 아니었다. 동료들의 인상된 월급분의 10%를 자신에게 주기로 약속을 이미 받은 후였다. 그런데 유천의 결정으로 모든 것이 어그러지기 시작했다.

사실 트레나르 입장에서도 이대로 돌아간다면 어려운 점이 많았다.

이미 프랑스에서는 나이 탓에 어떠한 정비공장에도 들어가기가 힘들었다. 그런데 한국에서 부른다는 소리에 얼른 넘어왔다.

와서 보니 자신들이 아니면 일을 처리하지 못하자 조금 욕심을 부려본 것이다.

그런데 유천이 너무 강하게 나오자 트레나르는 흔들릴 수밖에 없었다. 그러나 유천은 그런 그의 표정 따위는 신경조차 쓰지 않았다.

유천은 미련이 없다는 듯이 이주봉에게 말했다.

"유학원 갈 준비해."

"유학원 말입니까?"

"이쪽은 그만두고, 그쪽에 치중을 해야지."

한마디로 정비공장을 버리겠다는 강한 의지의 표현이었다.

교묘하게 한국어와 프랑스어를 같이 썼다.

트레나르는 그때서야 유천의 진심을 알아차릴 수 있었다. 이대로 간다면 자신들은 비행기에 실려 본국으로 돌아가야만 했다.

돌아가면 그때부터는 지긋지긋한 생활고에 시달려야 했다. 그 생각이 들자 트레나르가 유천에게 한마디 했다.

"잠시만요."

"더 할 말이 있습니까?"

"그게 제가 생각을 잘못한 거 같습니다."

"계속 그렇게 사십시오."

유천은 조금도 틈을 주지 않았다.

여기서 트레나르의 말장난에 넘어갈 생각도 없었다. 유천이 밖으로 나갈 준비를 하자 트레나르가 얼른 그의 앞을 가로막았다.

"잠시 이야기 좀 더 하시죠."

"시간 없으니 짧게 하십시오."

유천의 냉정한 말에 트레나르가 두 눈을 질끈 감았다.

"없었던 걸로 하겠습니다."

"뭘 말입니까?"

"연봉인상 건 말입니다."

"아닙니다. 이미 기분이 상했습니다."

유천이 냉정하게 거절하자 트레나르가 진땀을 철철 흘렸다.

"그럼 어쩌시려고요."

"우리 인연은 여기까지입니다."

유천이 다시 밖으로 나가려 하자 트레나르가 결사적으로 막았다.

이대로 협상이 결렬된다면 자신은 동료들에게 맞아죽을지도 모르는 일이었다.

"그게 아니고."

"이야기 끝났는데 왜 이렇게 귀찮게 하십니까?"

유천이 짜증스러운 표정을 짓자 트레나르가 찔끔했다. 유천은 뒤도 돌아보지 않고 트레나르를 밀치고 유학원으로 향했다.

현관에서 운전대를 잡은 이주봉이 조심스레 유천에게 물었다.

"아까 같은 분위기라면 협상될 것 같은데요."

"아니, 아예 본때를 보여줘야지."

"그럼?"

"유학원에나 가자."

엉뚱한 유천의 말에 이주봉이 당황했다.

"도대체 이해가 안 갑니다."

"가끔 협박도 해야지. 가서 좀 쉬자."

유천의 한마디에 이주봉이 질렸다는 듯이 말했다.

"너무 변하신 거 같습니다."

"사람이 변해야 산다."

그 말을 끝으로 유천이 눈을 감았다. 더 이상 얘기하고 싶
지 않다는 유천이 뜻을 알아챈 이주봉이 아무런 말없이 운전
에만 열중했다.

그러나 그것도 잠시, 이주봉이 걱정스러운 듯 드디어 입을
열었다.

"이대로 그만두실 겁니까?"

"그럴 생각은 없어."

"외국의 정비사들이 없으면 운영 못할 텐데요."

"두고 보면 안다."

유천이 짤막하게 답했다.

이미 머릿속에서는 앞으로의 주판알이 다 굴러간 후였다.

이주봉은 이해하지 못한 듯이 고개를 갸웃거렸지만 더 이
상 묻지 않았다.

이야기하는 사이 유학원 입구에 도착한 유천이 차문을 열고 밖으로 나섰다.

앞을 보던 유천이 빙그레 미소 지었다.

"여긴 좀 낫네."

골치 아픈 정비공장과 달리 많은 대학생이 왔다 갔다 하는 모습이 보였다. 이 정도라면 어느 정도 자리를 잡은 듯했다.

그러나 자세한 것은 직접 확인하는 것이 정확했다.

유천이 사무실 문을 열고 들어서자 열심히 일하고 있던 두 사람이 벌떡 일어섰다.

"유천아."

"대표님."

서로의 입에서 다른 호칭이 흘러나왔다.

박성진은 유천의 이름을 불렀고 김진수는 유천의 직함을 불렀다. 아무래도 유천을 대하는 두 사람의 각기 다른 마음이 그대로 느껴졌다.

유천은 모른 척 넘어간 후 조용히 물었다.

"어때?"

"안 그래도 온다는 얘기를 들었어. 여기 현황판을 만들어 놨어."

박성진이 자신에 찬 표정으로 서류를 들이밀었다.

"일단 보고 얘기하지."

꼼꼼히 살펴보는 유천이 한참 동안 이것저것 생각하는 듯 머리를 썼다. 물경 30분이 지나서 고개를 든 유천이 입을 열었다.

"애썼네."

"그건 그렇고 프랑스에 있는 에스푸아르라는 사람 있잖아."

"그 친구 왜?"

"원래 그렇게 거칠어?"

박성진이 약간 두려운 표정을 지었다. 그 모습을 본 유천이 빙그레 웃고 말았다.

외인부대에서 악명을 떨치던 에스푸아르의 기억을 떠올렸다. 그런 에스푸아르를 박성진이 상대한다는 것은 쉽지 않아 보였다.

유천은 미소를 지은 채 박성진에게 말했다.

"힘들었어?"

"살 떨리더라."

"어떤 점이?"

"조금 비위가 뒤틀어지니까 눈을 부라리는데 심장 멎는 줄 알았어."

"좀 와일드하긴 하지."

유천이 심드렁하게 대답하자 박성진이 다그치며 물었다.

"도대체 뭐하는 사람이야?"

"외인부대에서 같이 근무했어."

"외인부대? 어쩐지."

박성진이 고개를 절레절레 흔들었다. 유천은 더 이상 듣지 않아도 박성진이 어떻게 대우를 받았는지는 익히 알 수 있었다.

에스푸아르의 성격상 비위 뒤틀리는 꼴을 보지 못했다. 다만 유천의 친구라는 점을 감안해서 조금 봐줬다는 생각이 들었다.

유천은 생각난 김에 에스푸아르와 이야기나 할 생각이 들었다.

"잠시만. 통화 먼저 해보자."

유천이 휴대폰을 꺼내 들고 곧바로 에스푸아르에게 연락했다.

ㅡ누구야?

거친 에스푸아르의 말투에 유천이 대답했다.

"나 유천이야."

ㅡ오, 유천! 어쩐 일이야?

전과는 달리 한결 밝은 목소리였다. 유천은 그런 에스푸아르에게 물었다.

"일은 어때?"

—뭐 별로 어렵지 않던데? 애들도 착하게 말 잘 듣고.

"인상 박박 쓴 거 아니야?"

—그런 적 없어.

"너는 그냥 있는 거 자체가 위압감을 느끼게 하잖아."

유천의 말에 에스푸아르가 부정하지 않았다.

—그런 점이 없지 않아 있지. 대신 문제는 없어.

"전혀?"

—주변 인물들이 조금 껄떡거리기에 가볍게 이야기 좀 해 줬더니만 다들 아무 말도 안 하데.

"그래. 그래서 네 도움이 필요한 거야. 학생들은 잘 지내고 있어?"

—그럼. 뭐 랭귀지 코스 다니는 애 있고, 대학 입학을 준비하는 애도 있고, 바쁘긴 바쁜 모양이더라.

"수고 많다."

유천이 치하하자 에스푸아르의 목소리가 들렸다.

—뭘 돈 받고 하는 일인데. 그런데 뭔 돈을 이렇게 많이 주냐?

"앞으로 학생이 더 많이 가니까. 그때마다 보너스가 늘어날 거야."

—일 할 만하네.

"외인부대보다 낫냐?"

유천의 말에 에스푸아르의 대답이 곧바로 들렸다.

—당연히 낫지. 여기선 목숨 걸 일은 없잖아.

"주변에 좀 불량스러운 작자들 없었어?"

—싹 쓸어버렸어. 무슨 문제 생기면 곤란하잖아.

"문제라니?"

—이쪽 동네 애들이 좀 성적으로 지저분하거든. 그래서 깔끔하게 손을 대줬지.

에스푸아르의 말에 유천이 내심 안도했다.

"계속 그렇게 치워줘."

—그럴 생각이야.

"만약에 안 되면 날 불러. 함께 치우지 뭐."

—넌 안 오는 게 좋아.

에스푸아르의 말에 유천이 고개를 갸웃거렸다.

"왜?"

—네가 오면 치우는 게 아니라 아예 소멸될까 봐 겁난다.

"설마 그러기야 하겠어?"

—넌 그러고도 남아.

유천의 마지막 모습을 기억하는 에스푸아르의 말이었다. 유천은 더 이상 그에게 말하지 않고 한마디만 했다.

"우리 친구 성진이 어땠어?"

—좀팽이?

"좀팽이였어?"

유천의 말에 앞에 있던 박성진이 인상을 구겼다.

그런 박성진을 보고 유천이 싱글거렸다. 그때 에스푸아르의 대답이 들렸다.

—뭐 그렇게 꼬치꼬치 따지는지 말이야. 네 친구만 아니었으면 벌써 곤죽을 만들어 놨어.

"절대 손대지 마. 약속할 수 있어?"

—그럼. 야, 네가 무서워 손 안 댄다.

에스푸아르의 말에 유천이 웃으며 대답했다.

"조만간에 갈 테니까 그때 가서 보자."

—그래. 이미 술은 많이 준비해 놨어. 오기만 해. 술독에 빠져보자고.

"아직도 그 버릇 못 고쳤어?"

—사는데 술은 활력소야. 활력소.

에스푸아르의 말에 유천은 더 이상 말하지 않았다.

통화를 마치고 난 유천이 박성진에게 웃으며 말했다.

"많이 시달렸겠는데?"

"도대체 그 인간."

머리를 절레절레 흔드는 게 어지간히 질렸던 모양이었다. 유천은 그런 박성진에게 한마디 했다.

"그건 그렇고 일은 괜찮아?"

"뭐 재미는 있더라. 그리고 연봉 그렇게 많이 안 줘도 되는데."

"괜찮아. 그 정도 줘도 충분히 운영은 되지?"

유천의 물음에 이번에는 가만히 있던 김진수가 나섰다.

"그럼. 이익이 꽤 나고 있어. 유학생이 꽤 많이 몰려오거든."

"소문났어?"

"입소문이 빠르잖아. 좀 힘쓴다는 애들 몇 명 소르본느 대학 보내줬더니만 강남 쪽에 소문이 쫙 났어."

"누가 그런 일을 했어?"

유천이 묻자 김진수가 박성진을 가리켰다.

"저놈밖에 누가 있냐?"

"성진아. 정말 수고했다."

"별말을 다 한다. 여기가 잘되어야 나도 좀 잘살 거 아니야."

겸손한 듯하면서도 성진은 할 말 다했다. 유천의 입장에선 그리 기분 나쁘지 않았기에 다시 칭찬공세에 나섰다.

"너 믿고 한 유학원이야. 좀 잘 도와줘라."

"애써볼게. 그런데 이쪽에 전혀 안 나올 생각이야?"

"말도 마. 지금 아주 정비공장 때문에 골치가 아파."

유천이 머리를 짚자 박성진이 이미 알고 있단 듯 고개를 끄덕였다.

"지금 외국 기술자들이 심술을 부린다며?"

"안 그래도 오늘 내일 간에 끝장을 낼 생각이야. 왔으니까 식사나 같이하지."

유천은 더 이상 묻지 않았다. 이제는 다른 일에 집중할 시간이었다.

식사를 마치고 유천이 다시 차에 올랐다. 운전대를 잡은 이주봉이 조심스럽게 유천에게 말했다.

"형님, 힘드셨던 모양입니다."

"뭐가?"

"이번에 해외 출장 말입니다."

"별로 안 힘들었어."

유천이 얼렁뚱땅 넘기려 했으나 이주봉은 그리 호락호락하지 않았다.

"형님 볼 때마다 조금 두려워집니다."

"무슨 소리야? 천하의 이주봉이가 내가 두렵다니."

"형님 눈빛 보셨습니까?"

"음."

생각해 보니 최근 들어 거울을 본 적이 없었다. 유천이 멈칫하는 순간 이주봉의 말이 들렸다.

"형님 눈에 살기가 가득합니다."

"살기?"

"네, 피를 본 사람의 눈빛이요."

"그걸 네가 어떻게 알아?"

"형님, 제가 어디 있었습니까?"

듣고 보니 일리가 있다.

이주봉도 날고 긴다는 특전부대원 출신이다. 이주봉의 말에 유천이 더 이상 피해갈 길을 찾지 못했다. 그리고 이주봉에게까지 거짓말하고 싶은 마음도 없었다.

"그래. 피 좀 봤다."

"기분이 어떠십니까?"

"글쎄다."

"형님, 눈빛을 죽이셔야 합니다."

이주봉의 충고에 유천이 수긍했다.

"그래야겠지?"

"그 눈빛으로 다니면 사람들이 어떻게 대하겠습니까?"

"맞다. 고맙다."

유천이 간단명료하게 이주봉의 의견을 받아들였다. 그제야 이주봉이 환하게 웃으며 말했다.

"가시는 동안 마음을 편하게 하십시오."

"그럴 생각이야."

유천은 눈을 지그시 감았다.

아프리카에서 있었던 피비린내 나는 기억을 지우려 애를 쓰다 보니 유천은 또 한 가지 생각에 웃음인지 씁쓸함인지가 감돌았다.

"팔자가 왜 이래?"

인연을 얻은 다음부터 연이어 꼬이는 사건이었다.

점점 더 비정한 세계로 접어드는 것 같아 섬뜩한 느낌이 들 때도 있었다. 그러나 유천은 곧 마음을 가다듬었다.

"내가 살아야 세상도 있지."

유천은 한 가지 사실만을 기억했다.

자신이 이겨야만이 세상과 더욱더 호흡하고 살 수 있었다. 더군다나 유천에게 이루고 싶은 꿈이 아직도 많이 남아 있었다.

"멋들어지게 한 번 살아봐야지."

살아오며 지금까지 이런 기회를 잡은 적이 없었다. 이번 기회를 절대 놓치고 싶은 게 유천의 심정이기도 했다.

8장

하나씩

생각을 접은 유천이 이주봉에게 말했다.

"집에 가자."

"많이 피곤하시죠?"

"너라면 멀쩡하겠냐?"

유천의 말처럼 극심한 피로감이 몰려왔다. 장거리 비행에서 내리자마자 정비공장, 그리고 유학원을 들렀다.

그것도 그냥 평범한 방문이 아니라 골머리 썩히는 고도의 피로감을 동반했다. 이주봉이 조용히 권했다.

"주무세요."

"도착하면 깨워."

뒷좌석에 앉은 유천이 스르르 잠이 들었다. 지금은 눈감고 쉬는 게 최고의 휴식이었다.

금방 잠들었나 싶었지만 이주봉의 목소리가 들렸다.

"다 왔습니다."

"어, 그래?"

아직 해는 남아 있었고 멀리서 집 풍경이 보였다.

아이들이 자는데 혹시 깰까 봐 항상 차는 멀리 주차하고 들어가는 게 불문율이기도 했다.

내려서 천천히 걷던 유천이 우뚝 섰다.

덩달아 선 이주봉이 유천에게 물었다.

"왜 그러십니까?"

"잘 놀고 있네."

"여기서 보입니까?"

"그냥 느낌이 그렇다고."

유천이 자신의 실수를 얼른 얼버무렸다. 거리가 아직 상당히 있어 주봉은 맨눈으로는 분간하기 힘든 모양이었다.

하지만 유천의 시력은 이미 사람의 얼굴까지 분간할 정도였다. 이주봉이 의아해하는 사이 유천이 조금 더 앞으로 갔다.

"아, 잘 노네요."

그제야 이주봉의 말이 먼저 튀어나왔다.

그의 말처럼 마당에는 어머니, 그리고 이주봉 동생부부와 아이들이 즐겁게 노는 모습이 보였다.

어머니는 아이 하나를 품에 안고 무엇이 즐거운지 웃느라 정신이 없었다. 유천이 그 모습을 보고 이주봉에게 말했다.

"보기 좋지?"

"다 형님 덕분입니다."

"주봉아, 이걸 지켜야 돼."

"무슨 말씀이신지?"

이주봉이 살짝 고개를 젓자 유천이 차분히 설명했다.

"우리가 잘 살아야 이 행복을 지킬 거 아니냐."

"……"

이주봉이 말문을 닫았다. 정비공장 일을 생각만 해도 골머리가 아픈 모양이었다. 유천은 그런 이주봉의 어깨를 툭 치며 말했다.

"가자."

"정비공장 일은 어떻게 할 겁니까?"

"집에까지 일을 끌고 들어오지 마."

"죄송합니다."

이주봉이 즉각 사과했다. 두 사람이 다가서자 먼저 알아본 건 이주봉의 여동생인 이혜진였다.

"오… 빠. 사…장님."

어눌한 말투였지만 기쁨이 잔뜩 묻어나왔다.

뒤를 이어 어머니가 눈을 동그랗게 뜬 채 유천 쪽으로 뛰어왔다.

"돌아왔니?"

"네, 어머니. 좀 출장이 길었죠?"

"아니다. 어서 들어와라."

말은 하면서도 시선은 품에 안은 아이를 떠나지 않았다. 대문을 들어선 유천이 어머니에게 슬쩍 농담을 던졌다.

"아들보다는 손주가 낫죠?"

"그걸 말이라고 하니?"

"이거 서운한데요."

"아들이라고 얼굴 코빼기도 보기 힘들고 툭하고 사라지니 손주가 낫지."

"그건 그러네요. 손주 사랑 많이 하십시오."

유천의 말에 어머니가 곱게 눈을 흘겼다. 뒤를 이어 이혜진이 유천에게 공손히 고개를 숙였다.

"감사드… 립니다."

"즐겁게 지내니까 고마워. 어머니하고도 잘 지내네."

유천의 말에 이혜진아 배시시 웃었다.

"어머니가 너무 잘해주세요."

유천은 말없이 고개를 끄덕였다. 그때 어머니가 유천에게 물었다.

"식사는 하고 왔니?"

"배가 많이 고픈데요."

유천은 금방 식사했지만 시치미를 뚝 뗐다. 옆에 있던 이주봉도 눈치챈 듯 너스레를 떨었다.

"저도 배고프네요."

어머니는 그 말에 반색하며 얼른 대답했다.

"연락이라도 하고 오지. 맛난 반찬이라도 준비할걸."

"집 밥이 더 맛있을 거 같습니다. 오늘은 모처럼 삼겹살이나 구워먹을까요?"

유천이 손에 든 비닐봉지를 높이 들었다. 이주봉이 눈치 빠르게 얼른 나서며 말했다.

"제가 멋들어지게 바비큐 준비하겠습니다."

"그럼 나보고 하란 거야?"

"하하. 형님도 참."

이주봉이 환하게 웃으며 얼른 준비를 하러 서둘러 뛰어갔다.

바비큐 준비를 하는 동안 유천은 방에 들어가 옷을 갈아입고는 다시 거실로 나왔다. 거실의 소파에는 어머니가 조용히 앉아 있었다.

"이리 좀 와봐라."

"어머니 보니까 반갑네요."

유천이 가서 얼른 껴안자 어머니가 슬쩍 밀어냈다.

"넉살 부리지 말고 앉아봐."

"하실 말씀이 있으세요?"

유천이 소파에 앉으며 묻자 어머니가 심각한 얼굴로 변했다.

"너 언제까지 외국으로 떠돌거니?"

"제가 일이 있어 가지고."

"한국에서 유학원과 정비공장 일도 바쁘지 않아?"

"돈이 많이 듭니다. 그것 때문에 아무래도 외국에서 일을 해야 됩니다."

유천이 말하자 어머니가 조용히 물었다.

"외국에서 도대체 무슨 일을 하니?"

"아는 분 일을 도와주고 있습니다."

거짓말도 아니었다. 어찌 됐든 김명환도 안다면 아는 사람이다. 그러나 어머니는 쉽게 넘어가지 않았다.

"느낌이 안 좋아."

"무슨 느낌이요?"

"너 해외 나가서 어려운 일 하는 거 같은데 위험하진 않아?"

"별로 위험하진 않아요."

유천이 자신 있게 답변을 내놓았다. 사실 보통 사람이라면 눈 튀어나올 정도로 힘들고 위험한 일이었다.

그러나 유천에게는 뭐 그 정도까지는 아니었다. 어머니는 다시 한 번 물었다.

"한국에 그냥 있으면 안 될까?"

"아직까지는 외국에 다녀야 할 거 같습니다."

"왜 그렇게 바람벽이 불었냐?"

"저도 그게 참 이상합니다. 도대체 왜 이러는지 저도 모르겠어요."

유천이 솔직하게 대답하자 어머니가 적극적으로 권했다.

"그만두면 되잖아."

"그럴 상황이 아니라는 게 문제죠."

유천이 심각하게 말하자 어머니가 조심스레 말했다.

"정말 그냥 한국에서 있으면 안 되겠니?"

"……"

유천이 침묵하자 어머니가 다시 한 번 말했다.

"그냥 여기서 지내자꾸나."

"어머니, 저 다시 가난해지고 싶지 않습니다."

"유천아."

"그리고 이제는 우리 둘만이 아닙니다. 주봉이와 주봉이 동생, 그리고 수많은 회사 식구가 있습니다."

"……."

이번에는 어머니가 침묵했다. 유천은 기왕 말 나온 김에 있는 그대로 털어놓았다.

"제가 외국에 놀러 나가는 거 아닙니다."

"그건 안다만."

"이해해 주십시오. 젊을 때 열심히 해야 나중에 편하다고 어머니가 말씀하셨습니다."

"녀석."

어머니가 결국 자신의 뜻을 꺾고 말았다. 유천은 그런 어머니의 손을 살며시 잡았다.

"설마 제가 나이가 들어서도 그럴까요?"

"그럴 거 같구나."

"그럴 일 없습니다. 이것만은 약속드리죠."

"그래. 그럼 됐고."

어머니의 말에 유천이 살포시 끌어안았다.

"앞으로 행복하실 겁니다."

"그랬으면 좋겠구나. 네가 행복해야지."

"어머니의 행복이 저의 행복입니다. 그리고 저 아직 기억합니다."

"뭘?"

"어머니 병원에 입원하시기 전에요."

"……."

어머니가 그 말에는 완전히 말문이 막혔는지 입을 꾹 다물었다. 유천은 그런 어머니의 손을 잡고 말했다.

"다시는 그런 일 없을 겁니다."

그때였다.

이주봉이 현관문을 열고 들어서며 소리쳤다.

"준비 다 됐습니다."

"그래, 간다."

"얼른 나오세요."

이주봉이 다시 모습을 감추자 유천이 어머니의 손을 잡아끌었다.

"모처럼 식구끼리 모여 맛있는 삼겹살 먹을까요?"

"그러자꾸나."

"이런 날은 술 한 잔 해도 되겠죠?"

"그럼. 네 나이가 몇 살인데."

"하하!"

유천이 웃자 어머니가 한마디 했다.

"너 더 어릴 때도 내 앞에서 술 먹었잖니."

"그때는 고개 돌리고 예의를 차렸습니다."

"이번에는 안 하려고?"

"아직은 제가 그럴·나이가 아니죠. 가시죠."

유천이 환하게 웃으며 어머니의 손을 자고 마당으로 향했다.

그날 저녁 유천은 오랜만에 포근하게 지인들과 둘러싸여 즐거운 저녁식사를 마칠 수 있었다.

밤하늘의 별이 이처럼 찬란해 보이기도 처음이었다.

"여기까지. 아니, 이 이상으로."

유천의 다부진 결심이 밤하늘로 퍼졌다.

다음 날 아침 유천은 일찌감치 이주봉과 함께 정비공장에 도착했다.

사무실 소파에 자리 잡은 유천이 팔짱을 낀 채 뭔가를 골똘히 생각했다. 이주봉은 괜히 옆에서 눈치보다 유천에게 물었다.

"차라도 한 잔 드릴까요?"

"네가 무슨 차 배달 사원이냐? 옆에 앉아."

"아, 네."

유천은 생각하는 틈틈이 시계를 봤다. 마침내 시계가 9시를 정확히 가리키자 유천이 이주봉에게 얘기했다.

"트레나르 씨 데려와. 그리고 나머지 직원들도 모조리."

"알겠습니다."

드디어 불꽃이 튈 시간인 걸 안 이주봉이 얼른 사무실에서 나섰다. 혼자 남은 유천은 입술을 지그시 깨물었다.

"내 뜻대로."

유천은 그 한마디를 내뱉은 후 지그시 눈을 감았다.

불과 5분도 지나기 전에 이주봉과 트레나르의 모습이 보였다. 트레나르는 들어오자마자 유천의 맞은편에 앉았다.

"사장님 이야기 좀."

"이야기 어저께 끝났습니다."

"아니, 그게 그래도."

트레나르의 다급한 모습에도 유천은 흔들리지 않았다.

"처음에 여기 올 때 조건 기억하시죠?"

"기억합니다."

"그 조건을 먼저 흔든 건 그쪽입니다. 떠나시죠. 소정의 보너스는 지급될 겁니다."

"아니, 사장님."

"더 이상 할 말 없습니다."

유천은 아예 고개까지 돌려 버렸다.

트레나르는 그 후로 몇 번이나 이야기를 꺼내려 했으나 유천의 냉랭한 답에 결국 힘없이 고개를 숙일 수밖에 없었다.

이주봉은 유천의 마음을 짐작한 듯 빠르게 트레나르에게 말했다.

"나가시죠. 비행기 표는 여기 있습니다."

"아니, 그게."

몇 마디를 하지도 못하고 쫓겨나는 트레나르였다. 트레나르가 나가고 나자 이번에는 나머지 정비공들이 들어왔다.

모두 나이 지긋한 사람이었고 낯도 익었다. 그중 한 사람이 앞으로 나서며 말했다.

"사장님. 저 드릴 말씀이 있습니다."

"해보십시오."

아까 트레나르를 대할 때와는 전혀 다른 모습이었다. 유천은 얼굴색까지 바꾼 채 정비기사들을 대했다.

"저희가 잘못했습니다. 트레나르가 좀 충동질해서."

"압니다. 돈에 욕심이 난 거. 그래서 더 많이 벌 기회를 위해서 프랑스로 보내드리겠습니다."

"여기서 일하고 싶습니다."

"……"

유천이 아무런 말도 않자 정비기사 목소리가 조금 높아졌다. 그도 긴장된 탓인지 목에서 목소리가 걸려 나오는 느낌이었다.

"프랑스에 가도 일자리 없습니다."

"알고 있습니다."

"저희가 욕심이 나서 트레나르 의견에 동조했습니다. 이떻게 선처 좀 부탁드립니다."

가만히 그를 바라보던 유천이 천천히 입을 열었다.

"그럼 조건은 철회하는 겁니까?"

"물론입니다."

"여기는 프랑스가 아닙니다. 그리고 한국 사람들은 퇴근 후에 차를 많이 가지고 옵니다. 아시죠?"

"압니다."

"야간 근무할 때도 있습니다."

"기꺼이 할 생각이 있습니다."

정비기사의 얼굴이 조금 밝아졌다. 유천은 그런 정비기사에게 한마디 했다.

"그렇다고 24시간 풀로 돌리는 건 아닙니다. 여러분께서 주야간으로 나눠서 움직이시면 됩니다. 하실 수 있겠습니까?"

"하겠습니다."

정비기사 얼굴이 활짝 피어났다.

뒤에 서 있던 사람들도 마찬가지였다. 유천은 그런 그들에게 한 가지 조건을 더 내걸었다.

"또한 한국인 정비기사를 키워주십시오."

"그건 또 무슨 말씀이신지."

"여러분이 천년만년 일할 건 아니지 않습니까. 우리 정비공장은 오래할 겁니다."

"그러니까 후임을 양성하라는 얘기죠?"

정비기사 말에 유천이 고개를 끄덕였다.

"할 수 있겠습니까?"

"해야죠."

해고당하지 않는다는 것만으로도 충분히 기쁜 모양이었
다. 여기서 해고당하고 프랑스에 돌아간다면 파트타임이나
아니면 실업자 신세가 될 사람들이었다.

유천은 그런 그들에게 씩 웃으며 한마디 했다.

"다시는 이런 일이 없도록 철저히 계약서를 써야겠습니
다."

"그렇게 하겠습니다."

"또한 한 가지를 더 말씀드리죠."

"뭡니까?"

잔뜩 긴장한 정비기사의 목소리에 유천이 환한 목소리로
말했다.

"교육비로 특별수당을 지급하겠습니다."

"정말이십니까?"

"저 한입으로 두말 안 합니다."

"계약서를 준비하시죠."

정비기사의 반가운 목소리가 들렸다.

유천은 미리 자신의 계획대로 쓴 계약서를 꺼내 들고 사람들에게 나눠줬다.

정비사들은 계약서의 내용을 꼼꼼히 봤지만 다들 이의 없이 자필로 사인했다.

"자, 됐습니다. 다시 한 번 재창업하는 기분으로 열심히 해 봅시다."

유천이 일어서 손을 내밀자 마주 잡아오는 손길이 투박스러웠다. 오랜 정비 생활로 손에는 굳은살이 잔뜩 박인 모습이었다.

"사장님, 열심히 하겠습니다."

"저도 부탁드리겠습니다."

유천이 고개를 꾸벅 숙이자 다들 마주 고개 숙이는 모습이었다. 정비기사들이 모두 나가고 나자 이주봉이 감탄했다.

"이런 뜻이었습니까?"

"그래. 주동자만 없애면 돼."

"그럼 트레나르 씨는?"

"한 번 잘못하면 두 번 잘못 안 할 거 같아?"

"아, 그래서."

이주봉이 탄성을 내뱉자 유천은 다른 걸 들고 나왔다.

"그리고 직원 두 사람 남았지?"

"네."

"이리로 불러들여."

"여기로요?"

"그럼 두 명이서 텅 빈 사무실에서 뭐하겠어?"

"그것도 그러네요."

이주봉이 날렵하게 움직여 수화기를 들었다. 그때서야 유천은 천천히 일어서 사무실 밖으로 나갔다.

'트레나르 같은 인물이 다시 나와서는 안 된다.'

유천은 마음속으로 다짐했다.

잠시 휴식시간이 되자 유천이 이주봉에게 말했다.

"그동안 영업 실적 자료 좀 볼까?"

"안 그래도 준비해 놨습니다."

이주봉이 얼른 서류 한 움큼을 들고 들어왔다.

조용히 읽어보던 유천이 감탄했다.

"서류 정리 죽이는데?"

"저 군대에서 차트도 하지 않았습니까."

"하긴 그렇군. 그런데."

유천은 서류를 읽어보며 묘한 점을 발견했다.

"왜 이렇게 고급 차가 많이 들어왔어?"

"아무래도 외국인 정비사가 있다는 소문이 퍼진 거 같습니다."

"그래?"

"아마 들어오는 차의 상당수가 고급차로 알고 있는데요?"

이주봉의 말을 흘려들으며 유천이 머릿속에서 뭔가 번뜩거리는 생각이 떠올랐다.

"주봉아."

"말씀하십시오."

"지금부터 고급차 수리비를 대폭 올려."

"네? 싸게 하는 거 아니었습니까?"

이주봉이 놀라 묻자 유천이 칼 같이 지시했다.

"있는 놈들 많이 받아도 돼."

"그럼 다른 것도 다 올립니까?"

"아니. 1억 이상 고급차만 올려. 나머지는 그대로 받아."

"뭐, 그렇게 하겠습니다."

"그렇게 올리면 수익이 대폭 늘어나겠나?"

유천 질문에 잠시 생각하던 이주봉이 대답했다.

"그럼요. 고급차만이라도 제대로 받는다면 꽤 된다고 하던데요?"

"그리 추진해."

이야기하는 사이 문이 열리고 두 명의 신입사원이 들어왔다.

"부르셨습니까?"

"아, 그래. 이제부터 여기서 일하죠."

유천의 말이 떨어지자 두 사람의 표정이 살짝 변했다.

"여기서 말입니까? 본사는요?"

"본사는 당분간 문 닫아야죠."

유천의 담담한 말에 한 신입사원이 물었다.

"그럼 여기서 모든 일을 처리하는 겁니까?"

"싫으면 나가도 되고. 그런데 하나 묻죠."

"말씀하십시오."

"왜 남았어요?"

유천이 아주 심장을 찌르는 말에 잠시 망설이던 한 신입사원이 말했다.

"일 년 동안 지켜보기로 했습니다."

"왜 일 년이죠?"

"제 나이상 그 이상의 시간이 지나면 더 이상 취직할 기회도 없거든요."

"하하. 그렇군요."

유천이 쓸쓸하게 웃자 신입사원이 말했다.

"저희에게도 기회는 있어야 되니까요."

"1년 동안 여기서 지켜보겠다 이겁니까?"

"그렇습니다."

"좋습니다. 그럼 내가 뭔가 보여드리면 되겠네."

"네?"

유천의 속 시원한 말에 신입사원 눈이 커졌다.

"1년 동안 지켜보고 아니면 나가도 좋습니다."

"네, 사장님."

"그리고 여기서 업무는 저기 있는 이 과장과 잘 협의해서 하세요. 자, 그럼 이만."

유천이 자리에서 일어서자 이주봉이 깜짝 놀랐다.

"어디 또 가십니까?"

"일 다 처리했으면 나도 좀 쉬어야지."

"어디 가시려고요?"

"프라이버시 문제도 이야기해야 돼?"

"아니, 그건 아닙니다."

"차 키."

유천이 손을 내밀자 얼른 키를 건네주는 이주봉의 얼굴이 조금은 펴 있었다.

"여긴 저한테 맡겨주십시오."

"내가 말한 대로 움직이도록 해."

"꼭 그렇게 하겠습니다."

"그리고 외국인 정비사들하고 잘 지내고."

유천은 그 말을 마지막으로 정비공장을 나섰다.

유천은 제일 먼저 주돈수의 회장 일부터 마무리할 생각이었다. 휴대폰을 든 유천이 망설임없이 버튼을 눌렀다.

—비서실입니다.

"김영철 비서실장님 좀 부탁드립니다. 정유천이라 그러면 아실 겁니다."

귀찮은 점을 막기 위해 미리 이름까지 밝혔다. 그러자 상냥한 여자의 목소리가 연이어 들렸다.

—잠시만 기다리세요.

잠깐 기다리는 건 어렵지 않았다. 유천은 휴대폰을 든 채 조용히 서 있었다. 불과 1분도 지나기 전에 낯익은 목소리가 들렸다.

—정유천 씨?

"한국에 돌아왔습니다."

—만나야겠군요.

부드러운 목소리였지만 유천은 그런 접대용 멘트에 쉽게 넘어가지 않았다.

그는 자신의 목숨을 노리던 적이었다.

부글거리던 속을 달래고 유천은 애써 담담한 어조로 물었다.

"어디서 볼까요?"

—휴대폰으로 문자를 보내드리면 될까요?

"그렇게 하시죠."

―그럼 문자로 시간과 장소를 보내드리죠.

김영철 비서실장 대답에 유천이 서둘러 물었다.

"잠깐. 제가 말한 조건은 다 준비됐겠죠?"

―만나서 말씀드리겠습니다. 그럼.

김영철 비서실장의 목소리가 거기서 끊어졌다. 유천은 휴대폰을 물끄러미 바라보며 싱긋 웃었다.

"똑바로 해야 될걸?"

아프리카 일은 생각만 해도 열불이 터졌다.

띠리릭.

김영철 비서실장에게 문자가 오는 데는 그다지 오랜 시간이 걸리지 않았다. 주소와 시간을 살펴보던 유천이 눈썹을 살짝 찌푸렸다.

보내는 주소는 그룹 건물이 아닌 경기도 주소가 떡하니 찍혀 있었다.

"무슨 수작이야."

보통 사람과 달리 두려움을 모르는 유천이기에 별다른 신경을 쓰진 않았다.

"여유 있네."

시간을 잰 유천은 근처에 있는 프랜차이즈 커피숍에 들어가 차 한 잔을 들고 의자에 앉았다.

시계를 바라보니 아직도 충분한 여유가 있었다.

중요한 일에 무작정 찾아가는 건 현명하지 않았다. 어떻게 이야기할 것인지, 상대를 어떻게 다룰 것인지를 머릿속으로 잔뜩 구상했다.

10여 분 만에 생각을 마친 유천이 창밖을 바라봤다. 창밖에는 수많은 사람이 바쁜 듯 제 갈 길을 오고가고 있었다.

평범한 일상이 한눈에 들어왔다.

"저렇게 살아야 되는데."

유천은 자신도 모르게 중얼거렸다.

그리고 보니 최근 들어 너무 바쁘게 산 느낌이 들었다. 유천은 이미 돌아가기에는 너무 멀리 왔다는 것을 알았다.

자신의 가진 능력.

그건 평범함을 거부했다.

더욱이 오늘 김영철 비서실장과의 만남 이후 자신의 인생이 어떻게 바뀔지는 아무도 몰랐다.

유천의 생각은 간단했다.

"좋으면 좋게. 아니면."

눈빛이 차갑게 빛났다.

그렇게 커피숍에서 한 시간을 허비한 후 유천이 밖으로 나와 택시를 집어탔다.

"용인으로 가주세요. 주소가."

휴대폰에 찍혀 있는 주소를 불러주자 택시기사가 반갑다는 듯이 말했다.

"손님, 시외요금이 적용됩니다."

"편하게 가세요."

유천이 짧게 대답하고는 눈을 감았다.

기사는 오랜만에 걸린 장거리 손님이 반가운 듯 얼른 택시를 몰아갔다.

9장

통쾌한 일격

부웅.

몸에 긴장을 풀고 조용히 수면을 취하던 유천이 진동 소리에 문득 눈을 떴다.

휴대폰을 들어보니 김영철 비서실장의 연락이었다.

'귀찮게시리.'

내심 짜증을 살짝 부리며 유천이 휴대폰을 들었다.

"정유천입니다."

—어디쯤 오고 계십니까?

밖을 흘깃 바라본 유천이 곧바로 대답했다.

"고속도로니까 조금 있으면 용인 가겠네요."

─전 도착했습니다.

유천이 시계를 바라보고는 한마디 했다.

"아직 약속시간이 20분 남았습니다."

─그럼 그때 뵙죠.

김영철 비서실장의 목소리가 또 한 번 끊어졌다. 유천은 고개를 저으며 말했다.

"타이밍도 잘 맞춰."

이미 깬 잠, 유천은 더 이상 눈을 감을 생각이 없었다. 기사가 통화 내용을 들었던지 유천에게 얼른 말했다.

"10분 내로 도착합니다."

"감사합니다."

짤막하게 대답한 후 차 창가로 시선을 돌린 유천이었다. 아무런 생각도 없이 지나가는 풍경을 바라보는 것만으로도 충분히 여유로웠다.

차는 정확히 10여 분이 지나자 약속한 주소 앞에 도착했다.

"여깁니다. 집 좋네요."

"그러네요. 제 집이 아니라서 유감이지만."

택시비를 지불하며 유천이 한마디 건넸다.

부웅.

택시가 떠나고 나자 유천은 곧바로 정문 쪽으로 다가섰다. 정문 쪽에는 한 남자가 서 있다가 유천이 모습을 보이자 입을 열었다.

"정유천 씨."

"맞습니다."

남자는 더 이상 말하지 않고 정문으로 걸어갔다.

철컥.

정문이 열리고 곧바로 안으로 들어갈 수 있었다. 그제야 흘 낏 보니 정문에서 현관까지는 적어도 500미터가 될 듯한 긴 거리였다.

유천이 아무 말 없이 걷자 뒤에 있던 남자가 말했다.

"차를 타고 가시죠."

"운동 삼아 걷겠습니다."

유천은 냉정하게 거절하고 앞으로 걸었다. 모든 것이 결정 되기 전까지는 어떠한 호의도 받아들일 생각이 없었다.

500미터를 걸어가는 데는 그다지 오랜 시간이 걸리지 않았 다.

유천이 현관 앞에 도착하자 낯익은 김영철 비서실장이 손 을 드는 모습이 보였다.

"정유천 씨, 오랜만입니다."

"저도 그렇습니다. 존댓말 쓰시니까 참 보기 좋네요."

유천이 한마디 툭 쏘았으나 김영철 비서실장은 모른 척 넘어갔다.

"일단 차나 한 잔 하실까요?"

"그럴 기분 아닙니다."

유천이 짤막하게 거절했다.

유천은 지금 김영철 비서실장과 차 한 잔 마실 기분이 아니었다. 음모를 꾸며 자신을 죽이려 했던 자들이다.

그들과 앉아서 웃는다는 거 자체가 우스운 일이었다.

대뜸 면박 당하자 김영철 비서실장이 눈을 좁히며 유천에게 반말투로 물었다.

"휴대폰은 가져왔나?"

"물론이지. 여기 있어."

유천이 휴대폰을 꺼내 들자 김영철 비서실장이 다시 물었다.

"다른 곳에다 백업한 건 없나?"

"전혀."

유천의 간단한 대답이 들리자 김영철 비서실장이 냉소를 머금으며 한마디 했다.

"배짱이 좋군."

"배짱이라."

유천이 중얼거리자 김영철 비서실장이 한마디 했다.

"지금이라도 순순히 내놓는다면 살려는 주지."

"날 죽일 생각이야?"

유천이 살짝 눈살을 찌푸리자 김영철 비서실장이 자신만만하게 입을 열었다.

"한국에서 내가 손대서 뒤탈날 거 같아?"

"썩은 새끼."

유천의 입에서 욕이 터져 나가자 김영철 비서실장이 확 얼굴을 붉혔다.

"감히."

"너 같은 새끼한테 쓸 좋은 말 없어."

"정말 죽고 싶은 거지?"

김영철 비서실장의 말이 스산해지자 유천이 한마디 했다.

"혹시 이 주위에 숨겨둔 떨거지 같은 놈들 믿고 떠드는 거야?"

"알고 있었나? 아는 놈치고는 태연하군."

"내가 어디서 왔는지 알아?"

유천의 뚱딴지같은 소리에 김영철 비서실장이 고개를 갸웃거렸다.

"무슨 소리야?"

"총알이 빗발치는 곳에서 살아나온 나야. 고작 저런 인간들에게 당할 거 같아?"

"고작이라. 겪어 보면 알겠지. 마지막 기회다. 순순히 줄 텐가?"

김영철 비서실장의 말에 유천이 한마디 했다.

"그 주둥이질 후회하도록 해주지."

"역시 말로 안 되는군."

김영철 비서실장이 손을 들자 사방에서 움직임이 느껴졌다.

짙푸른 정원수 뒤에서 은신하고 있던 남자들이 하나둘씩 유천의 주위로 몰려들었다.

모두 열다섯 명.

하나같이 눈빛이 살벌한 걸 보니 운동깨나 한 인물들이었다.

그들을 본 김영철 비서실장이 어깨를 편 채 유천을 보며 한마디 했다.

"생각 바꿨나?"

"웃기는군."

"굳이 벌주를 마시겠다면 마셔야지."

유천은 대꾸 없이 열다섯 명을 쳐다봤다. 또다시 무시당한 김영철 비서실장이 손을 들었다. 그러자 다가오던 한 명이 말했다.

"새끼."

유천이 대답 대신 손가락을 까딱거렸다.

"저 자식이!"

"덤벼라. 오늘 형 시간 없다."

유천의 말에 드디어 두 명이 달려들었다.

번뜩이는 몸놀림을 보니 운동 꽤나 한 자들이 분명했다. 하지만 유천이 보기에는 가소롭기 그지없었다.

빠른 몸놀림이지만 유천의 눈엔 한심스러울 정도로 느렸다.

다가오는 두 사람이 각각 유천의 목과 명치를 노려왔다.

일격에 유천의 기세를 꺾어버리겠다는 필살의 의지가 보였다. 그러나 유천은 그들에게 순순히 당해줄 생각이 눈곱만큼도 없었다.

번뜩.

유천의 발걸음이 경쾌하게 돌아가며 그들의 손발을 막았다.

틱.

탄력이 죽어 휘청거리는 걸 보고 같이 휘몰아치며 두 명의 턱을 쳤다.

얼마나 빠른 동작인지 두 사람은 눈으로 제대로 보지도 못한 채 턱이 번쩍하는 느낌이 들었다.

빡!

둔탁한 소리와 함께 두 명이 달려오는 자세 그대로 땅에 쓰러졌다.

턱에 정통으로 맞아 단 한 방에 기절한 것이다. 지그시 쓰러진 두 명을 바라보던 유천의 입에서 스산한 말이 터져 나왔다.

"나머지 열 셋."

"죽여!"

살벌한 지시에 이번에는 아예 우르르 달려들었다. 숫자로 밀어붙여 유천을 옭아맬 속셈이었다. 유천은 그들의 속셈에 피식 웃으며 말했다.

"한번 해볼까?"

유천은 열세 명이 다가오는 것을 보고 그대로 맞부딪쳐 갔다.

피하지도 않는 정면 돌파였다.

터덕!

열세 명이 유천의 주위에 몰려들며 강한 힘으로 압박하기 시작했다. 유천을 바닥으로 쓰러뜨려 그 위로 짓뭉개 버릴 속셈이다.

"무겁네."

유천은 강한 악력을 느꼈으나 슬쩍 몸을 뒤틀었다.

"어어."

마치 미꾸라지처럼 빠져나가는 통에 몇 사람의 손이 허공을 스치는 순간 유천의 팔꿈치가 번뜩였다.

빠박!

팔꿈치는 정확하게 상대 턱주가리를 쳤다.

"컥!"

순식간에 세 명이 땅에 쓰러졌다. 유천은 그 틈에 빠져나가며 또 한 번 소리쳤다.

"열 명!"

열 명의 남자는 약간 얼이 빠졌다. 한다하는 운동실력을 가진 자신들을 마치 어린애처럼 데리고 노는 유천의 실력에 경악한 것이다.

잠시 침묵이 감돌고 아무도 유천에게 쉽게 달려들지 않았다.

옆에서 보고 있던 김영철 비서실장이 슬며시 웃었다.

"역시 살아올 만한 실력이 있는 놈이군. 준비한 거로 처리해."

김영철 비서실장의 지시가 떨어지자 열 명의 남자가 품속에서 각자 뭔가를 꺼내 들었다.

푸슝!

그중 세 명에게서 마취총이 발사됐다. 마취제는 유천의 온몸을 덮쳐 들어왔다.

전혀 예상하지 못했던 기습이었다.

"이런 빌어먹을."

마취제에 맞은 순간 유천은 순간 아찔한 느낌이 들었다. 그런데 유천은 이내 온몸에서 마취제를 정화하는 느낌이 들었다.

몸에 깃든 마나가 순식간에 마취 성분을 제거했던 탓이다.

짧은 순간 흐릿한 정신이 다시 맑아져 왔다.

"이런 개새끼들이."

유천은 마취총을 발사한 한 명에게 번개같이 달려들었다.

빡!

유천의 주먹이 상대 얼굴에 그대로 꽂혔다.

"커억!"

보통 사람의 상상을 초월하는 위력에 남자는 바로 얼굴이 피투성이가 된 채 땅에 쓰러졌다.

유천은 거기서 멈추지 않았다. 몸을 돌려 나머지 두 명의 마취총을 든 사람에게 달려들었다.

"어어?"

놀라 기겁하는 순간 유천의 팔꿈치가 이번에도 역시 턱을 쳤다. 노리는 것을 알았지만 피할 수 없는 너무도 빠른 동작이었다.

빠박!

또 한 번 둔탁한 소리와 함께 두 명이 쓰러졌다.

"일곱."

"제압해! 죽여도 좋아!"

김영철 비서실장의 다급한 지시가 떨어지자 나머지 일곱 명이 일제히 달려들었다. 그들은 의외의 장비를 썼다.

파지직!

유천의 몸 근처에서 전기충격이 강하게 일었다. 전기충격기를 가진 네 명이 달려들며 유천의 몸에 쏜 탓이다.

유천은 피할 수도 있었지만 일부러 자신의 능력을 테스트할 겸 밀어붙였다.

만약 전기충격을 받는다면 뒤로 물러서면 그만이었다. 자신의 능력상 그 정도 여유는 충분히 있다고 생각을 했다.

지직!

온몸에 전기가 통하는 듯하더니 이내 사그라졌다. 역시 마나는 유천에게 해가 되는 모든 걸 빠르게 사라지게 만들었다.

자신감을 얻은 유천은 한 명이 든 전기충격기를 번개같이 낚아챘다.

"억!"

상대가 당황하는 순간 유천이 바로 전기충격기를 배에다가 지졌다.

지직.

"끄아악!"

참혹한 비명 소리와 함께 한 명이 온몸을 바르르 떨며 쓰러졌다. 유천은 거기서 멈추지 않고 나머지 세 명에도 일제히 전기충격기를 들이댔다.

지지직!

"끄아악~!"

전기충격을 당하면 순간적으로 온몸의 피가 마르게 마련이다.

그 짜릿한 고통에 세 명은 온몸을 마치 비 맞은 참새처럼 바르르 떨며 땅으로 쓰러졌다.

나머지 사람들이 깜짝 놀라는 순간이었다.

"쓸 만하네."

유천은 전기충격기로 그들에게 다가섰다.

"다, 다가오지 마!"

눈으로 보고도 믿기지 않는 유천의 실력에 나머지 사람들은 파랗게 질린 표정이었다. 그래도 멈출 유천이 아니기에 그들에게 뛰어들었다.

"이야압!"

유천의 몸이 풍차처럼 회전하며 여섯 명에게 달려들었다.

빠르게 발이 회전하며 걸리적거리는 것은 뭐든지 부술 기세였다.

빠바바박!

상대가 손으로 막으면 유천은 그 손을 뭉개고 턱을 쳤다. 발로 막으면 발을 으깨 버리며 턱을 쳤다.

빡빡.

"크악."

타격음과 비명이 거의 동시에 들렸다.

슥.

유천이 제자리에 우뚝 선 순간 어느덧 서 있는 사람은 아무도 없었다. 열다섯 명 모두 잔디 바닥에 길게 누워 신음했다.

"으음."

유천이 시선을 돌린 순간 김영철 비서실장이 언제 준비했던지 산탄총을 꺼내는 모습이 보였다.

"저 새끼가."

유천은 거의 반사적으로 전기충격기를 김영철 비서실장에게 집어 던졌다.

빡!

미처 총구를 겨누기도 전에 이마에 전기충격기를 정통으로 맞은 김영철 비서실장이 고통스러운 듯 뒤로 물러섰다.

유천은 천천히 그에게 다가가며 가볍게 팔을 꺾었다. 운동보다 책상물림형인 김영철 비서실장이 그 손길을 피하긴 어려웠다.

"끄아악!"

왼팔이 비정상적으로 꺾이자 김영철 비서실장의 입에서 비명이 터져 나왔다. 유천은 그런 김영철 비서실장에게 조용히 말했다.

"남을 건드리려면 자신도 각오해야 돼. 알아?"

"으윽. 놔라."

유천은 김영철 비서실장 귀에 대고 속삭였다.

"일단 팔 하나부터 시작하자."

유천은 아무 미련 없이 김영철 비서실장의 팔을 꺾었다.

뚝!

"끄아악!"

팔목을 부러뜨리자 김영철 비서실장의 입에서 참혹한 비명이 터져 나왔다. 평생 펜대만 잡은 그에게는 가혹한 고통이기도 했다.

유천은 고통에 몸부림치는 김영철 비서실장을 바라보며 한마디 했다.

"우리는 말로 안 해."

"으으윽!"

"이대로 죽여줄까? 네가 말한 대로 말이야."

"아… 안 돼."

김영철 비서실장이 놀라 소리쳤다.

"왜? 너는 되고 나는 안 돼?"

"나도 지시를 받았을 뿐이다."

"지시를 받았으면 개처럼 움직여야지. 네가 주인처럼 움직이면 되냐?"

"그, 그게……."

김영철 비서실장은 이미 이마에서 진땀이 주르륵 흘렀다. 팔목이 부러진 고통, 그리고 죽음의 공포가 온통 밀려오는 모양이었다.

유천은 그런 김영철 비서실장에게 조용히 말했다.

"개새끼."

"제발."

"제발은 무슨 제발이야."

유천이 김영철의 오른 발목을 사정없이 찍어 눌렀다.

우지직!

"아아악!"

다리뼈가 부러지는 소리와 함께 김영철 비서실장이 바닥에 쓰러졌다.

팔과 다리가 동시에 부러지자 서 있을 힘이 없어 그대로 쓰러진 것이다.

김영철 비서실장은 쓰러진 채 고통에 몸부림치고 있었다. 유천은 그런 김영철 비서실장을 무심히 바라볼 뿐이었다.

잠시 김영철 비서실장이 숨 돌릴 틈이 생기자 유천이 냉정하게 지시했다.

"주돈수 회장에게 전화해."

"……."

아무런 대답이 없자 유천이 다가섰다.

"오른팔도 부러지고 싶지?"

"전화… 하지."

"존대해. 이 개새꺄."

"…하겠습니다."

이미 두려움에 질린 김영철 비서실장은 유천에게 저항할 엄두도 내지 못했다. 유천은 그 틈을 놓치지 않았다.

"어서. 다른 팔 부러뜨리기 전에."

"뭐, 뭐라고 합니까?"

"오라고 해. 안 오면 오늘부로 나이지리아 비밀은 세상에 퍼진다고."

"아… 알겠습니다."

유천은 김영철 비서실장에게 시선을 돌려 쓰러진 열다섯 명을 바라봤다. 이미 저항할 능력을 상실한 채 신음하는 그들이었다.

"저놈들을 어떻게 하지?"

머릿속에서 즐거운 상상이 여러 가지로 퍼져 나갈 무렵 김영철 비서실장의 떨린 목소리가 들렸다.

"회장님이 오신답니다."

"와야지. 지가 어쩔 거야."

유천은 그제야 주위에 있는 의자를 끌어와 털썩 앉았다. 가뿐하게 해결하자 잠시 평화로운 기분이 들었다.

유천이 싱글거리며 김영철 비서실장에게 말했다.

"그거 알아?"

"뭐 말입니까?"

"조용히 살고 싶은데 남들이 내버려 두지 않는다는 거."

대답할 말을 찾지 못해 김영철 비서실장이 슬쩍 고개를 돌렸다.

"악!"

움직일 때마다 부러진 뼈에서 통증이 느껴지는 모양이었다. 유천은 그런 김영철 비서실장을 보고 천천히 다가섰다.

북!

김영철 비서실장의 양복 윗도리를 찢어 부러진 발목에다 부목 대신 퉁퉁 감아줬다.

"끄아악!"

그리 친절한 손길이 아니기에 고통에 찬 비명 소리가 요란하게 김영철 비서실장의 입에서 터져 나왔다.

"하지 말까?"

"뭐, 뭐하는 겁니까?"

"그냥 내버려 두면 뼈가 동맥을 찌를 수도 있어. 그럼 죽거든. 내버려 둬?"

"아, 아닙니다."

"좀 아파."

유천은 일부러 힘을 줘 양복을 꽉 조였다.

"아아악!"

부러진 뼈를 건드리자 참혹한 고통에 김영철 비서실장은 전기 맞은 참새처럼 부르르 떨었다.

이미 온몸이 고통의 여파로 식은땀투성이로 변했다. 유천은 대충 묶은 후 다시 의자에 돌아가 앉았다.

김영철 비서실장은 고통에 바르르 떨며 전혀 움직이지도 못했다.

"빨리 와야 고통이 사라질 텐데."

유천의 그 말 한마디에 허겁지겁 김영철 비서실장이 휴대폰을 집어 들었다.

"회장님 빨리 오셔야겠습니다. 아, 네."

땀을 뻘뻘 흘리는 김영철 비서실장의 모습을 보고 유천이 피식 웃었다.

"꼭 머리 좋은 놈들이 사고 쳐."

유천은 눈을 지그시 감았다.

어차피 쓰러진 열다섯 명도 당분간 일어나긴 힘들었다. 워낙 강한 타격에 당했던 터라 한동안 비명을 지르며 잔디를 뒹굴 뿐이다.

"햇살 좋네."

유천이 하늘을 바라보며 팔짱을 끼고 조용히 눈을 감았다.

한 시간이 좀 지나자 별장 안으로 들어오는 차가 보였다.

최고급 롤스로이스가 마치 미끄러지듯이 들어왔다. 유천은 천천히 의자에서 일어섰다.

이제 마지막을 깔끔하게 처리할 순간이 다가왔음을 느끼자 주먹을 살짝 돌렸다.

주돈수 회장.

평소라면 얼굴 보기도 힘든 인물이다.

그러나 지금은 자신이 유리한 입장이다.

주돈수 회장을 파멸시킬 엄청난 비밀을 가진 이상 유천이 강하게 나가도 꼼짝 못할 일이다. 그 생각이 들자 유천은 냉소를 뿌렸다.

완전히 묵사발을 낼 결심을 담은 눈빛이다.

"무식하게."

유천이 아무도 듣지 못하게 중얼거렸다.

끽!

차가 서자 뒷문이 열렸다. 제일 먼저 내린 건 경호원으로 보이는 두 명의 건장한 체격의 남자들이었다.

날카로운 눈매, 그리고 단단한 몸을 보니 보통내기가 아니었다. 그러나 유천의 눈에는 그저 일반인일 뿐이었다.

뒤를 이어 주돈수 회장이 육중한 몸을 드러냈다.

주돈수 회장은 주변을 둘러보고 흠칫한 표정을 지었다. 놀라거나 말거나 유천은 천천히 그에게 다가섰다.

"재밌는 환영회를 준비하셨더군요."

"이게 어떻게 된 건가?"

쓰러져 신음하고 있는 김영철 비서실장의 목소리가 들렸다.

"…회장님 죄송합니다."

"죄송하다니 그게 무슨 소리야?"

"제가 그만."

"다음부터 이런 짓하지 말게."

주돈수 회장이 점잖게 충고했다. 그 모습을 바라보던 유천은 웃기지도 않았다.

'꼴값을 떨고 있네.'

김영철 비서실장이 스스로 행동했을 리 없었다. 분명히 주돈수 회장의 은밀한 내락이 있지 않으면 이런 일은 절대 벌어질 수 없었다.

그것을 잘 알고 있는 유천이기에 둘이 하는 꼬락서니가 가소롭기만 했다.

　유천은 그런 주돈수 회장에게 천천히 다가서며 말했다.

　"뒤에 있는 두 사람, 오늘 내가 당신네 회장한테 무슨 짓을 할지 몰라. 마음에 안 들면 지금 덤벼."

　"뭐라?"

　묵직한 경호원 목소리가 들리자 유천이 말했다.

　"회장한테 거칠게 나갈 수 있다고. 경호원답게 막아야지."

　두 경호원이 주돈수 회장의 눈치를 봤다. 주돈수 회장이 아무 말 없이 서 있자 두 사람이 앞으로 나섰다.

　"이 자식이."

　두 사람은 아직 유천의 실력을 보진 못했기에 호기를 부릴 수 있었다.

　유천은 그런 두 사람을 보고 조용히 말했다.

　"덤벼라."

　"새끼!"

　두 사람이 날렵한 스텝을 밟으며 유천에게 주먹과 발을 휘둘렀다.

　휘휙!

　허공에서 발소리가 날 정도로 경쾌하고도 빠른 동작이었다. 하지만 가벼운 동작 하나에도 콘크리트 벽 같은 건 뚫어

버릴 수 있는 강한 위력이 담겨 있음을 알았다.

유천은 그 발길을 슬쩍 손으로 막았다.

빡!

힘과 힘이 부딪쳤다. 경호원들이 움찔거리는 순간 유천이 허공에 뜨며 양발차기를 날렸다. 워낙 빨라 눈이 채 따라가지도 못할 스피드였다.

빠박!

똑같이 턱을 맞고 두 명의 경호원이 그대로 뒤로 넘어갔다.

쿵!

마치 통나무가 넘어가는 모습과 유사할 정도였다.

이제 주돈수 회장 혼자 남게 되자 유천이 다가서 대뜸 그의 목을 잡았다.

"컥! 이, 이거 왜 이러나."

유천은 목을 잡은 채 조용히 말했다.

"아까 김 실장이 그러더군."

"뭐라고."

"나 같은 건 흔적 없이 지울 수 있다고. 맞는 말이겠지."

"그건."

주돈수 회장의 얼굴이 벌게지는 순간 유천이 한마디 했다.

"그런데 그거 알아? 나도 마음먹으면 너 같은 건 죽일 수 있어."

"이, 이 사람이."

얼굴이 벌게져 있는 주돈수 회장에게 다시 말했다.

"물론 흔적 없이. 아무런 증거 없이. 알아?"

그 말과 동시에 유천이 주 회장의 목을 잡은 손을 놨다.

"컥컥!"

주돈수 회장이 고통스러운 듯이 목을 잡고 신음을 토했다. 잠시 시간이 지나자 조금 진정된 주돈수 회장이었다.

유천은 잠시 기다리다 다시 입을 열었다.

"약속한 건?"

"준비 되어 있어."

"어디 있어?"

"회사에."

"지금 장난해?"

"헉!"

유천의 스산한 목소리가 들리자 주돈수 회장이 진짜 긴장한 모습이었다. 날고 긴다는 경호원들이 눈 깜짝할 사이에 당했다. 유천의 실력을 짐작은 했지만 이 정도일지는 꿈에도 몰랐다.

유천은 그런 주돈수 회장에게 한마디 했다.

"총탄이 빗발치던 곳에서 살아온 나야. 준비한 건?"

"가져다주겠네."

주돈수 회장 말을 듣고 유천이 시계를 봤다.

"한 시간 주지. 늦으면 넌 죽어."

유천의 말에는 정말 하겠다는 강한 의지가 뿜어져 나왔다.

세상 오래 산 주돈수 회장이 소름이 끼칠 정도였다. 그가 본 유천은 잔뜩 독 오른 독사 그 자체였다.

'이, 이건 진짜야.'

아차 하면 그 아까운 돈을 두고 죽을 수도 있었기에 주돈수 회장은 자신도 모르게 휴대폰에 손을 댔다.

"준비했던 거 빨리 가져와."

통화를 끊은 주돈수 회장에게 유천이 말했다.

"길이 막힐 수도 있다."

"그런 거 몰라. 늦으면 넌 죽어."

유천의 말이 떨어지자 주돈수 회장이 다시 한 번 휴대폰을 들었다.

"헬기편으로 보내. 어서!"

얼굴이 벌게진 주돈수 회장의 지시가 이어졌다. 그제야 유천이 천천히 표정을 풀며 말했다.

"노력하면 다 되네."

"내가 나이가 몇인데……."

"왜 반말 하냐고?"

주돈수 회장은 그제야 회장의 위엄을 살리려 애를 썼다. 그러나 유천은 그런 주돈수 회장의 바람을 가차없이 뭉개 버렸다.

"넌 널 죽이려는 인간한테도 존대하냐?"

"……."

순간 주돈수 회장이 침묵했다. 유천은 그런 주돈수 회장에게 한마디 했다.

"까불지 마. 다음에 또 이런 일이 생기면 넌 죽는다."

"어떻게 그런 말을."

"너도 하잖아."

유천의 싸늘한 말이었다. 지금 유천의 눈에는 주돈수 회장이 거대 그룹의 회장이라는 거 따위는 관심 없었다.

적과 친구.

그중에서 적으로 분류된 하나의 인간일 뿐이었다.

주돈수 회장은 스산한 유천의 말에 움찔하며 더 이상 말하지 못했다.

거대 그룹을 움직이며 부와 권력을 움켜쥔 그였지만 지금은 속수무책이었다.

그때 유천의 한마디가 터졌다.

"또 데려와도 돼. 이번에 데려오면 각오해."

유천은 정말 화가 머리끝까지 솟았기에 앞뒤 가릴 생각은 전혀 없었다.

'정 안 되면 다 쓸어버리고 말지.'

유천은 깡그리 쓸어버리고 흔적까지 지워 버릴 생각이었다.

자신이 여기 온 걸 아는 사람은 아무도 없다. 그런 생각을 한다면 그리 어려운 일은 아니었다.

10장

잠깐의 여유

끼익.

30분도 지나기 전에 다시 한 번 정문에서 차 소리가 들렸다.

가까이 다가온 차는 커다란 승합차였다. 승합차에서 두 명의 남자가 급히 내려 주돈수 회장에게 다가가 인사했다.

"회장님 지시대로 가져왔습니다."

주돈수 회장은 고개를 끄덕이며 유천에게 말했다.

"이리로 와보게."

유천은 주돈수 회장을 따라 조용히 승합차로 갔다. 승합차

트렁크를 열자 커다란 자루가 세 개나 있었다.

유천은 말없이 자루를 열어보고 다시 꽁꽁 동여맸다.

"여기까지."

"다시 한 번 물어도 되겠나?"

"무슨 말?"

"자료를 주게."

간절한 주돈수 회장의 부탁에도 유천은 냉정히 거절했다.

"아니, 줄 생각이 없어."

"그럼 어쩌자는 건가!"

주돈수 회장이 분노에 찬 시선으로 노려봤다. 유천은 그런 시선을 가볍게 튕기며 한마디 했다.

"어머니 이름으로 맹세하지. 날 건드리지 않는다면 자료는 세상에 안 나타나."

"그걸 어떻게 믿어?"

"안 믿으면 어쩔 건데?"

"이런!"

주돈수 회장이 난감한 표정으로 변하자 유천이 한마디 했다.

"지금 칼자루 쥔 건 나야."

"약속이 다르지 않나!"

"나는 세상에 뿌리지 않는다고 그랬지 당신한테 준다고 하진 않았어. 싫으면 여기서 없던 걸로 하든지."

"이이!"

주돈수 회장이 화가 너무 치밀어 이를 부르르 떨었다. 유천
은 그런 주돈수 회장을 보며 한마디 했다.

"건드리지 마. 알겠어?"

"…약속은 확실히 지킬 건가?"

"안 건드린다면. 나도 네 얼굴 더 보고 싶지 않거든?"

유천은 그 한마디를 마지막으로 승합차에 올랐다.

"이 차는 내가 가져갔다가 돌려줄게."

"……."

침묵하는 주돈수 회장의 손을 부르르 떨었다.

유천은 뒤돌아보지 않고 곧바로 별장 입구로 향했다. 정문
을 지나 한참 달리던 유천이 운전대를 꼭 쥐었다.

"후후!"

유천의 입에서 작은 냉소가 터졌다. 어찌 이리 정확히 자신
의 예상대로 흘러가는지 통쾌하기 이를 데 없었다.

"좌우간 있는 새끼들이 더하기는 해."

유천은 즐거운 기분으로 승합차를 몰아 바로 집으로 향했
다. 물론 가는 도중에 휴대폰을 들어 한 곳에 연락했다.

"금고 하나 부탁합니다. 지금 당장 제일 큰 거로요. 주소
가… 빨리 배달해야 됩니다."

유천은 통화를 마치고 나서 천천히 차를 몰아 집으로 향했다.

오늘 약간 고생했지만 대가는 컸다.

그 하나로 충분히 만족했다.

집에 도착하자마자 바로 어머니의 얼굴이 보였다. 어머니는 영 이상하단 투로 유천에게 물었다.

"갑자기 금고는 왜?"

"중요한 거 보관할 게 있어서요. 왔습니까?"

"갖다 놓고 지금 기다리고 있는데?"

어머니가 가리키는 곳에 서성거리는 두 명의 남자를 보고 유천이 다가섰다.

"여기 있습니다."

금고 값을 지불하자 사람들이 고개를 숙이며 사라져 갔다. 방 안에 들어가 보자 금고가 커다랗게 한쪽 벽을 장식하고 있었다.

"더럽게 크네."

벽 하나를 꽉 채울 거대한 금고였다.

유천은 비밀번호를 친절하게 입력한 후 문을 열고 승합차에 가져온 자루를 풀었다.

방엔 온통 **빳빳**하게 쌓여진 5만 원 지폐가 다발로 놓여 있었다.

척척척!

유천은 하나씩 일일이 쌓아서 금고 안을 매워갔다.

"많네."

얼마나 거액인지 그 커다란 금고가 거의 찰 정도였다.

철컥.

금고의 문을 잠근 유천이 생각에 잠겼다.

"이 돈을 어떻게 해야 하나."

당장은 쓰고 싶은 생각은 없었다.

"더러운 돈."

그리 깨끗한 돈이 아니었다. 어머니를 위해 쓸 마음도, 회사를 위해서 쓸 생각도 없었다.

"부정 타."

그렇다면 다른 용도가 분명히 있을 거란 생각이 들었다. 당장은 그렇게 넘어갈 생각이었다. 방 밖을 나오자 어머니가 유천에게 물었다.

"도대체 무슨 일이냐? 금고는 뭐고 부대자루는 뭐야?"

"별거 아닙니다."

유천은 얼버무리며 넘어갔다. 지금은 어머니에게 설명하기 힘든 이야기이기도 했다.

어머니가 막 뭐라할 순간 휴대폰이 때마침 울었다.

따라라ー

힐끗 보니 이주봉의 전화번호였기에 유천은 얼른 받아 들고 입을 열었다.

"무슨 일이야?"

ー좋은 아이디어가 떠올랐습니다.

"말해 봐야 알아듣지."

ー우리 군 인물들 있지 않습니까. 특전사.

잔뜩 흥분한 이주봉 말에 유천이 시큰둥하게 대답했다.

"걔네들은 왜?"

ー그 친구 쪽으로 연락을 해봤습니다. 그런데 다들 호의적인 반응이더군요.

"호의적?"

유천이 고개를 갸웃거리자 이주봉이 말했다.

ー아무래도 미래가 걱정되는 모양입니다.

"그냥 말뚝 박으면 되잖아."

ー요즘에 그쪽에도 정리하는 모양입니다.

"그래? 그 친구들한테 정비를 배우게 하자고?"

ー괜찮지 않습니까? 아무래도 끈기가 있잖습니까?

"잠시만."

유천이 곰곰이 생각해 봐도 괜찮은 아이디어였다.

그 독한 특전사 훈련을 받았으면 끈기는 인정이 됐다. 더군 다나 자신이 알고 있는 사람이라고 생각하니 더더욱 좋은 일 이었다.

그 생각이 들자 유천이 다시 입을 열었다.

"얼마나 돼?"

─지금 제대한 놈 다섯 명. 그리고 얘기를 듣고 전역할 놈 두 놈입니다.

"다 후임들이야?"

─…….

그 말에 대답이 없는 이주봉의 목소리였다. 유천은 아예 잘 라 얘기했다.

"나보다 선임은 안 돼."

─알겠습니다. 무슨 말씀인지.

"알았으면 그렇게 조치하도록 해. 내일 다 오기로 했어?"

─네, 오전 10시까지 오기로 했습니다.

"내일 보자고."

통화를 마친 유천이 번뜩 생각이 떠올랐다.

"가만 있어봐."

유천이 문득 떠오른 생각에 자리에서 벌떡 일어섰다.

"남도 도와주는데."

그러고 보니 바쁜 생활에 쫓겨 친구들을 전혀 돌아보지 못했다.

친구.

어쩌면 혈육만큼이나 중요한 사람일 수도 있었다. 유천은 한동안 친구들을 생각하지 못했다는 생각에 살짝 미안한 마음도 들었다.

어머니의 병부터 시작된 바쁜 생활이 그리 만들었다. 유천은 지체없이 휴대폰을 들고 김진수에게 전화했다.

"진수야. 좀 상의할 게 있어서 전화했어."

—뭐든지 말해봐.

"다름이 아니고, 정비공장에 수습 정비공들을 뽑을까 해."

—수습 정비공이라니 무슨 소리야?

김진수의 물음이 들리자 유천이 설명했다.

"수입차 정비공 말이야."

—그런데 그게 왜?

"거기에 우리 친구들을 넣으면 어떨까 싶어서."

—친구들? 그거 수입 좀 돼?

김진수의 말에 유천이 즉각 대답했다.

"웬만한 월급쟁이보다 연봉이 셀걸?"

—그럼 할 애들이 좀 있겠지.

"알아봐 줘라."

—언제까지?

김진수 질문에 유천이 단박에 대답했다.

"오늘 중에 끝내."

―그렇게 빨리?

"내일 오전에 이야기 끝날 거거든."

유천의 말에 김진수가 조금 난감한 목소리로 말했다.

―그렇게 빨리 될까?

"싫으면 말라 해."

―음, 알았어. 일단 얘기해 볼게. 그런데 친구 밑에 들어가서 껄끄러울 텐데.

"너 알다시피 내가 유학원 간섭하냐?"

유천의 말에 김진수가 떨떠름한 목소리로 대답했다.

―아니지.

"정비공장 일도 마찬가지야."

―그렇다면 괜찮겠지. 알아봐 줄게. 밤에라도 연락해 주면 되지?

"저녁까지 연락해 주면 더 고맙고."

유천이 전화를 끊고 환하게 웃었다.

아무래도 남보다는 친구들이 낫다. 성격을 잘 알고 있기에 그들이 어떻게 나올지를 짐작할 수 있었다.

"이게 편한 거지?"

한마디로 일거양득이었다.

김진수에게서 연락이 온 것은 불과 세 시간이 지났을 무렵이었다.

—유천아. 애들이 꽤 희망하는데?

"몇 명이나?"

—7명.

"7명? 그 정도면 충분할 거야. 그리고 한 가지만 더 문자로 보내줘."

—무슨 문자?

김진수가 조금 신중한 목소리로 말하자 유천이 과감하게 잘랐다.

"쓸데없이 말썽부리면 친구고 나발이고 없다고 문자 보내."

—그렇게 꼭 보내야 돼?

"그대로 보내."

—알았어. 그나저나 고맙다야.

"뭐가?"

유천이 의아한 듯 묻자 김진수가 말했다.

—친구들이 나한테 고맙다고 하더라고.

"네가 주선한 걸로 하면 되지."

유천이 시원하게 말하자 김진수의 목소리가 더욱 밝아졌다.

―살다가 친구들한테 어깨에 힘 줄 일도 생긴다. 고맙다.

"고마우면 열심히 해."

유천은 그걸로 이야기를 끊었다.

다음 날 오전 유천은 9시 반에 정확히 사무실에 도착했다.

유천이 사무실 문을 열고 들어서자 제일 먼저 이주봉의 얼굴이 보였다.

그런데 뜻밖의 인물들이 나란히 의자에 앉아 있는 모습이 보였다. 이주봉이 얼른 유천에게 다가서며 인사했다.

"나오셨습니까?"

"어, 그래. 그런데 너는, 아."

유천은 낯익은 얼굴에 반색을 보였다.

유천의 시선이 닿은 곳에는 특전사에서 같이 굴렀던 후임이 두 명이나 보였다. 두 명은 자리에서 일어서며 경례를 올려붙였다.

"단결!"

"야, 무슨 군대도 아니고. 편하게 인사해."

유천의 말에 후임들이 고개를 꾸벅 숙였다.

"선배님, 반갑습니다."

"선배는 무슨 선배. 여기는 사회야."

유천의 목소리에 후임들의 얼굴이 잔뜩 굳었다. 군대에서 유천의 명성에 대해 익히 알고 있는 인물들이었기에 긴장감이 진해졌다.

유천이 그제야 둘러보니 주봉이 이야기했던 군대 후임 7명 전부가 나와 있었다.

"왜 이렇게 일찍 왔어?"

"일찍 와서 준비해야죠."

후임의 말에 유천이 만족스러운 미소를 지었다. 후임들은 전원 나온 반면 친구들은 7명 중에 5명뿐이었다.

유천은 일부러 친구 쪽은 시선도 돌리지 않았다. 어차피 처음부터 확 잡아놓아야 일이 편안하게 돌아가게 마련이었다.

친구들은 유천을 보고 무슨 말을 꺼내려 했지만 살벌한 분위기에 입도 열지 못했다. 그때 이주봉이 옆에 와서 유천에게 말했다.

"여기 이력서입니다."

"안 봐도 다 알아. 얼굴이 이력서네."

"그건 그렇지만."

이주봉이 머리를 긁적거리자 유천이 시선을 후임들과 친구에게 돌렸다.

"한 가지만 말하지."

"말씀하십시오!"

후임들이 잔뜩 군기가 들어 밀했다.

유천은 그런 그들에게 천천히 입을 열었다.

"약속할 수 있는 건 분명 연봉은 다른 데보다 높다. 단, 지시에 따르지 않거나 게으름 피운다면 해고야. 알았나?"

"명심하겠습니다!"

그제야 유천 시선이 친구들에게 돌아갔다.

"너희도 마찬가지야. 어떻게 따라올 생각 있어?"

"따라가야… 지요."

어쩔 수 없이 존댓말을 쓰는 친구들을 보고 유천이 환하게 웃었다.

"그렇게 존대 안 해도 돼. 친구끼리 무슨 존대야?"

"아니, 그래도 여기 회산데."

"회사라고 뭐 아직까지 대기업도 아닌데 뭐."

"정말 편하게 말해도 돼… 요?"

친구 한 명이 쭈뼛거리며 나서자 이주봉이 정색하며 나섰다.

"안 됩니다."

순간 목을 쑥 집어넣으며 다시 시선을 돌리는 친구의 얼굴이 안쓰러웠다. 하지만 유천은 이주봉의 말이 틀리지 않음을 알았다.

반말로 이야기하다 보면 기강이 무너지게 마련이었다. 유천은 이주봉의 뜻을 생각해 곧 강하게 말했다.

"아까 한 말 취소. 회사에서는 친구고 선배고 모두 잊는다. 단, 나가면 똑같이 행동하고."

"알겠습니다."

큰 대답이 들리자 유천이 다시 말했다.

"오늘부터 바로 실습에 들어가면 되지? 안 그래, 이 과장?"

"네, 그렇게 하면 됩니다. 이미 정비팀에게 다 말씀드렸습니다."

"그럼 조치하도록 해."

"저 따라 나오십시오."

다들 일어나는 순간 두 명이 모습을 드러냈다. 아직 영문 모르는 친구 두 명이 활짝 웃으며 유천에게 다가섰다.

"유천아!"

미처 유천이 대답하기 전에 이주봉이 먼저 나서며 말했다.

"여기 술자리 아닙니다."

"네?"

"여기 취직하러 왔습니까? 아니면 동창회에 오신 겁니까?"

"취, 취직이죠."

"그럼 입조심하세요. 이분은 대표님이십니다."

친구 두 명 모두 이주봉의 날카로운 눈에 질린 표정이었다. 유천은 기분 좋은 얼굴로 이주봉을 불렀다.

"이 과장."

"네, 무슨 말씀이라도."

"늦게 온 두 사람 빼고 나머지 직원들에게 모두 50만 원씩 줘."

"아, 네. 지급하겠습니다."

이주봉이 대답하자마자 유천이 다시 말했다.

"그리고 다들 어려운 처지니까 이번 달 월급은 선불로 주지."

"네? 선불로요? 그러다 만약 무슨 일이 벌어지면."

"나중에 토해내게 하면 되지. 내가 못 받아낼 거 같아?"

"받아내시겠죠."

이주봉이 말하자 고개를 돌린 유천이 모두에게 말했다.

"이번 달 월급은 선금으로 지급합니다. 하지만 잘못된다면 회수합니다. 그 점에 대한 각서를 쓰시고 다들 통장번호를 적어주세요."

"와아!"

함성이 들렸다.

돈을 먼저 준다는데 기분 나쁠 사람은 하나도 없었다. 그동안에 무거웠던 분위기가 유천의 말 한마디에 휙 날아가 버렸다.

유천이 그런 그들을 보고 내심 웃었다.

'나도 그랬어.'

군대에 있을 때 선불로 월급을 받고 싶은 마음이 굴뚝인 게 한두 번이 아니었다. 그 생각을 하면서 슬쩍 미끼를 던지자 모조리 열심히 문 모습이었다.

서로 좋은 일이라 생각하며 유천이 빙긋 웃었다. 자본이 딸린다면 어림도 없는 얘기겠지만 지금 유천에게 그 정도는 아무것도 아니었다.

좋은 기회가 오자 유천이 아예 작정하고 못을 박았다.

"여러분 중에 제 친구도 있고, 제 군대 후임도 있습니다. 그러나 여기는 회사입니다."

다들 무거운 표정으로 유천을 바라봤다.

유천은 더욱더 목소리에 힘을 줘 말했다.

"회사는 이익을 위해서 합니다. 여러분이 열심히 해서 회사가 잘된다면 그만큼 보너스와 성과금으로 돌려 드립니다. 하지만 회사에 분위기를 해치고 이익에 반하는 행동을 하는 사람들은 가차없이 내보내겠습니다."

유천의 진심 어린 말이 터져 나왔다.

옆에 있던 이주봉도 흠칫할 정도의 냉랭한 모습이었다.

그 살벌한 분위기에서 군대 후임 하나가 손을 들었다.

"먹고살게만 해주시면 열심히 따르겠습니다."

"약속드리죠. 열심히 하면 먹고살 수 있습니다."

그 말이 나오자마자 옆에 있던 친구들도 굳은 표정으로 말했다.

"최선을 다해보겠습니다."

"그러셔야죠."

유천은 그동안의 친분 관계는 싹 깔고 일단 강하게 휘어잡는 데 주력했다. 그것이 훌륭하게 통하자 유천의 얼굴이 밝아졌다.

유천이 이주봉에게 말했다.

"알아서 교육시키도록."

"알겠습니다."

"그리고 마지막으로 한마디 하지. 나는 정비공장에 잘 나오진 않아. 모두 이 과장의 말을 따르도록 하십시오."

유천의 말에 다들 고개를 꾸벅 숙였다. 우르르 나가고 나자 유천이 소파에 앉아 빙긋 미소 지었다.

"사장 짓도 뭐, 힘들군."

친구들에게 반가움을 표시하고 싶지만 그건 안 될 말이었다.

더군다나 더 좋은 일은 군대 후임들이 와서 친구들이 바짝 긴장했다는 사실이었다.

아무래도 거친 군 생활을 거친 후임들 눈빛이 선량할 리 없었다.

그 기세에 친구들 모두 주눅이 들어보였다.

미안함도 잠시 들었지만 깨끗이 머릿속에서 지웠다.

"작전 성공이군."

아무리 친구들을 도와주는 일이라고 하나 위계질서가 무너져서는 안 되는 일이었다. 여긴 자신이 투자한 회사였다.

무조건 성공해야 할 사업체이기도 했다.

"정은 나중에."

유천이 다짐하듯 중얼거렸다.

다시 혼자가 된 유천이 평온한 마음으로 사무실에 있던 야전 침대에 벌렁 누웠다.

잠시 낮잠을 즐겨볼 생각이었다.

번쩍!

눈을 뜬 유천이 반사적으로 시계를 봤다.

오후 네 시.

낮잠치고는 아예 푹 잔 셈이었다.

자는 동안 사무실에는 아무도 얼씬거리지 않았다. 보나마나 자신이 자는 것을 안 이주봉이 손을 쓴 것이 분명했다.

"기특한 녀석."

점점 더 이주봉에게 정이 쌓여갔다. 자신의 생각에 따라 움직이는 이주봉이 싫을 리가 없었다.

"이래서 간신을 조심해야 돼."

유천은 다시 한 번 마음가짐을 다졌다. 자신에게 잘해준다고 꼭 좋은 것만은 아니었다.

냉철한 판단이 중요하다는 생각이 들었다.

그래도 이주봉을 향한 생각이 푸근한 건 어쩔 수 없었다.

유천이 자리에서 일어나 얼마 있지 않아 문이 살며시 열렸다. 유천이 깰까 봐 상당히 조심스런 이주봉의 얼굴이 보이자 유천이 빙긋 웃었다.

"들어와."

"깨셨습니까?"

"어, 얼마 전에 깼었지. 오랜만에 푹 잔 거 같아."

"외국에 다녀오셔서 피로감이 쌓이신 거죠."

이주봉 말에 유천이 물었다.

"다들 일은 잘하고 있어?"

"그럼요."

"대표님의 일장 연설이 주요한 거 같습니다."

"주봉아, 나가봐야겠어."

유천이 서두르자 이주봉 안색이 변했다.

"어디 가시려고요?"

"번번이 말하지만 프라이버시는 묻지 마라."

유천의 경고에 이주봉은 물러서지 않았다.

"여기 주인은 대표님이십니다."

"주인 정신을 가지고 일해 봐."

"그래도."

"난 꿈이 큰 놈이야."

유천은 얼렁뚱땅 넘어갔다.

사무실 밖으로 나오자 저 멀리 정비공장에서 부지런히 움직이는 사람들의 모습이 보였다.

외국인 정비사들이 후임들과 친구들을 하나둘씩 지도하고 있었다. 다들 귀를 열고 경청하는 모습이 정녕 보기 좋았다.

"고생하네."

"이제 공장이 제대로 돌아가는 거 같습니다."

"잘해보고. 직원들은 어떻게 됐어?"

"뭐 열심히 뛰어다니고 있습니다."

유천이 이주봉의 대답에 궁금증이 도져 물었다.

"무슨 일을 시켰는데?"

"보험사 쪽으로 알아보고 있습니다."

"보험사 쪽?"

유천이 깜짝 놀라자 이주봉이 천천히 설명했다.

"역시 머리 좋은 놈이 다르더라고요. 보험사 쪽에서 사고 난 차들을 이쪽으로 끌어오려고 노력하고 있습니다."

유천이 고개를 갸웃거리며 이주봉에게 물었다.

"그런데 그건 어떻게 찾았대?"

"아, 제가 깜빡하고 말씀 못 드린 게 있습니다. 신입사원 두 명이 보험사 사고차들을 이쪽으로 끌어오는데 정말 노력 많이 했습니다."

"1년만 하고 그만둔다고 했잖아."

유천이 갸웃거리자 이주봉이 진지하게 대답했다.

"1년 동안 최선을 다할 모양입니다."

"괜찮은 녀석들인데?"

"제가 봐도 그렇습니다."

"돌아오면 보너스로 100만 원씩 줘."

유천의 말에 이주봉이 멍해졌다.

"네?"

"아, 너무 적나? 200만 원씩 줘. 그리고 넌 윗사람이니 300만 원 받아."

"그렇게 돈을 펑펑 쓰시면 어떻게 합니까?"

"아니, 이건 제대로 쓰는 거야. 긴말하지 마."

유천이 자르자 이주봉도 히죽 웃었다.

"많이 준다는데 사양할 건 없습니다."

"그래. 그런 정신이 필요해. 열심히 일하고 돈 많이 받아 가."

"보너스 받으면 좋죠."

이주봉이 즐겁게 입을 열자 유천이 빙긋 웃었다.

"원래 월급쟁이는 돈이 많이 들어와야 신나는 거야. 안 그래?"

"그건 그렇죠."

거기서 이야기는 끝이었다.

유천은 더 이상 말하지 않고 차를 타고 공장 밖으로 나섰다.

한적한 길가에 차를 세운 유천이 휴대폰을 꺼내 들었다.

이제는 소르셀르리에게 연락할 기분이 들었다. 소르셀르리만 생각해도 온몸이 후끈 달아오르며 뭔가 몽롱한 기분이 들었다.

"완전히 적응됐나?"

유천이 빙긋 웃는 사이 소르셀르리의 목소리가 들렸다.

―일찍도 연락하시네요.

"응? 한국에 들어온 거 알았어?"

―제가 하는 일이 뭔데요.

"하긴. 무지 바빴어."

유천이 말하자 소르셀르리가 톡 쏘았다.

―만나서 얘기 듣도록 하죠. 만약에 핑계가 시원치 않으면 각오해요.

"당연히 각오해야지. 그런 의미에서 잠실 롯데백화점 앞에서 만나자고."

―30분 내로 갈 수 있을 거 같아요.

"오케이."

유천이 휴대폰을 내려놓고 가속페달을 밟았다.

11장

골 때리는 놈

　잠실 롯데백화점 근처에 도착한 유천은 내친김에 롯데호텔 주차장에 차를 파킹했다.

　"후후."

　의미심장한 미소를 지으며 천천히 걸어 롯데백화점 현관에서 도착해 시계를 보니 정확히 2분 전이었다.

　"금방 오겠군."

　평소 시간관념이 정확한 소르셀르리였기에 그리 오래 걸릴 일은 아니었다.

　유천의 생각 그대로 정확히 정각이 되자 소르셀르리가 환한 웃음을 지으며 빠르게 걸어오는 모습이 보였다.

유천은 서둘러 다가가 소르셀르리를 슬며시 끌어안았다.

"보고 싶었어."

"그 거짓말 믿어도 돼요?"

"거짓말이라니."

유천이 눈을 크게 뜨자 소르셀르리가 살짝 눈썹을 찌푸렸다.

"한국에 들어온 지 며칠 된 거 알거든요? 이제 연락해요?"

"그에 대한 설명을 하러 왔지. 실은……."

유천은 한국에서 한 일을 천천히 설명했다. 물론 주돈수 회장과 얽힌 일만은 쏙 빼놓은 채였다.

가만히 이야기를 듣던 소르셀르리가 그제야 고개를 끄덕였다.

"바빴군요. 그럼 용서해 줄 수 있어요."

"용서해 줘야지. 일 끝나자마자 바로 전화한 건데?"

"알았어요. 그런데 왜 여기서 만나자고 했어요?"

"오늘 귀국 기념으로 선물 좀 사주려고. 가자고."

"선물이요?"

역시 여자는 선물에 약했다.

유천의 말을 들은 소르셀르리가 환한 미소를 지으며 얼른 유천의 팔짱을 끼었다.

뭉클한 가슴의 감촉과 함께 향긋한 머리내음이 유천의 코를 간질였다.

유천은 슬쩍 짓궂은 농담을 던졌다.

"그냥 옆으로 갈까?"

유천의 시선이 옆에 있는 호텔을 가리키자 소르셸르리가 눈을 곱게 흘겼다.

"이 멀건 대낮에요?"

"조금 있으면 해 떨어져."

"정말 그럴 생각이에요?"

"아니, 쇼핑 먼저 하고 가자고."

유천은 끝까지 안 간다는 소리는 하지 않았다. 소르셸르리도 그런 것이 당연한 듯 유천의 팔짱을 더욱 끼고 들어왔다.

더욱 감촉이 생생하게 느껴지자 유천은 순간 후회했다.

'쇼핑을 나중에 할 걸 그랬나?'

그러나 소르셸르리에게는 털어놓지 못하는 자신만의 마음이기도 했다.

백화점에 들어간 유천은 곧장 명품 코너로 향했다. 샤넬 코너 앞에 선 유천이 손으로 가리켰다.

"저기서 마음껏 쇼핑해."

"여기 샤넬이잖아요."

"잘 알 거 아니야."

"여긴 아니에요."

뜻밖에도 거절하는 소르셸르리의 눈빛이 진지했다. 유천은 순간 이상하단 듯 고개를 갸웃거리며 말했다.

"샤넬 싫어?"

"싫어하진 않는데 지금은 아닌 거 같아요."

"이유가 뭐지?"

"저 백이 어떤 백인지 아세요?"

"여자들이 좋아하는 백이잖아."

유천의 너무도 당연한 말에 소르셸르리가 고개를 흔들었다.

"프랑스에서 저 백을 들고 다니는 건 꼭 파티를 가는 것을 의미해요."

"그럼."

"한국에서 파티 갈 일 별로 없거든요. 그리고 샤넬 백이라면 하나 가지고 있어요. 아버지가 선물로 사준 게 있어요."

"두 개 있으면 좋잖아."

"아니요. 제가 필요한 건 다른 데 있어요. 자, 따라와요."

소르셸르리는 유천의 손을 잡아끌고 곧장 2층으로 향했다. 2층 여성복 코너에 들어선 유천이 순간 당황했다.

소르셀르리가 즐거운 기분으로 들어선 곳은 의외로 한국 브랜드 매장이었다. 유천이 소르셀르리에게 조심스럽게 물었다.

"이거 좋아해?"

"한국 옷이 옷감이 좋거든요. 마음껏 사도 되죠?"

"그럼. 마음껏 사도 돼."

유천이 고개를 끄덕이자 소르셀르리는 그때부터 쇼핑을 시작했다. 점원과 뭐가 즐거운지 서로 환하게 웃으며 이것저것 입어보기를 반복했다.

유천은 고개를 절레절레 흔들며 매장 앞에 있는 조그마한 의자에 앉았다.

'이래서 남자가 여자와 쇼핑을 싫어하는구나.'

유천이 질릴 정도였다.

30여 분 동안 이 옷 저 옷을 입어보던 소르셀르리가 유천에게 손짓했다.

유천은 얼른 일어서 그쪽으로 향했다. 조금만 더 지체하다가 다른 옷을 볼까 봐 두려운 마음도 있었다.

도착하자마자 소르셀르리가 옷 두 벌을 보였다.

청바지와 캐주얼 티, 딱 두 장이었다.

"아니, 그렇게 고르고 이 두 장만 사는 거야?"

"이 두 개가 가장 마음에 들었어요."

"다른 것도 사지."

유천의 말에 소르셀르리가 고개를 살래살래 저었다.

"저 옷 많고요. 이게 마음에 들어요. 얼른 계산해 줘요."

"그러지."

유천은 계산하면서 연신 기분이 좋았다.

한껏 바가지 쓸 생각으로 왔는데 의외로 소르셀르리는 검소한 모습을 보였다. 기쁜 마음으로 매장을 나선 유천이 호기롭게 소리쳤다.

"다른 데도 들리지."

"아니요. 다른 건 필요한 거 없어요."

"급하지?"

유천이 뚱딴지같은 말을 던지자 소르셀르리가 고개를 들며 갸웃거렸다.

"무슨 소리예요?"

"둘만의 시간을 보내고 싶은 거지?"

"부인하진 않겠어요."

역시 솔직한 프랑스 여자다운 면모를 보였다. 유천은 더 이상 쇼핑할 생각이 전혀 없었기에 바로 소르셀르리를 이끌고 백화점을 나섰다.

얼마 후 호텔 방에 들어선 유천과 소르셀르리는 그리 오래

지 않아 자연 그대로의 모습으로 돌아갔다.

침대에서 유천이 노래를 부르면 소르셀르리는 화음을 넣었다.

어디 그뿐인가, 리듬을 넣으면 거기 리듬에 맞춰 더욱더 박자를 맞추는 두 사람이었다.

서로의 몸에 대해 너무 잘 알고 있었기에 완벽한 호흡을 자랑했다.

유천은 오랫동안 긴긴 항해를 거듭했다.

얼굴이 벌겋게 달아오른 소르셀르리가 가쁜 숨을 몰아쉬며 밑에서 소리쳤다.

"다른 여자 안 만났어요?"

"아프리카에 있었거든."

"흑인이 더 매력적이지 않아요?"

"일이 되게 바빴어."

"좋아. 자기야."

처음으로 다정스러운 말을 퍼부으며 키스를 퍼부었다. 다시 한 번 또 침대에는 뜨거운 열풍이 몰아치기 시작했다.

한 번.

두 번.

두 사람은 끊임없이 항해했고, 소르셀르리도 적극적으로 호응해 줬다.

저녁 무렵에 들어온 두 사람이 떨어진 건 해가 거의 밝아올 때였다.

유천은 그러고도 전혀 피곤함을 느끼지 못했다.

옆에 있던 소르셀르리가 벌겋게 달아오른 얼굴로 물었다.

"점점 더 강해지는 거 같아요."

"남자가 강해져야지."

유천이 일부러 묵직한 목소리를 흉내 내자 소르셀르리가 싱긋 웃었다.

"그래서 좋아요."

"정말 보고 싶었어."

유천의 단호한 한마디에 소르셀르리의 눈이 동그래졌다.

"그런 말도 할 줄 알아요?"

"그럼. 연애하다 보면 말발만 늘어."

"음. 거짓말이라도 기분 좋아요."

두 사람은 다시 살포시 끌어안았다. 그러자 유천이 항해를 시작할 준비를 했다. 그 눈빛을 본 소르셀르리가 눈이 동그래 져 물었다.

"아직도 체력이 남아 있어요?"

"이틀 밤을 새도 돼. 한번 시험해 볼래?"

"아니요. 오늘 출근해야 되요. 그만."

"한 번만."

유천은 거듭 소르셀르리의 몸을 파고들었다.

아침이 밝자 소르셀르리는 얼른 샤워와 화장을 마친 후 유천에게 다가와 가볍게 프렌치 키스를 퍼부었다.

"출근해야 돼요."

"이럴 때는 백조였으면 좋겠어."

"백조란 실업자 여자를 얘기하는 거죠?"

"그래."

유천이 말하자 소르셀르리가 고개를 살래살래 저었다.

"제가 이 일을 얼마나 좋아하는지 알아요?"

"알지. 그러니까 암말 안 하잖아."

"지금 말했잖아요."

"음. 좋은 시간 보내."

유천이 말하자 소르셀르리가 다시 한 번 프렌치·키스를 퍼붓고 손을 흔들며 객실 밖으로 나갔다.

혼자 남은 유천은 느긋하게 팔베개를 하고 천정을 바라봤다.

꿈같은 시간이었다. 사실 소르셀르리 같은 미녀는 흔히 보기 힘들었다.

유천이 새삼 느끼는 거지만 TV나 스크린에서 보는 외국의 유명 배우 못지않았다.

아니, 어떤 면에서는 그들보다 뛰어났다. 더군다나 자신과 궁합이 잘 맞는 터라 유천이 씩 웃고 말았다.

"좋은 애인이야."

아직은 결혼할 생각이 없었기에 그 이상은 생각해 본 적도 없었다.

유천은 천천히 일어나 가볍게 몸을 털었다.

우두둑.

밤새 움직였던 온몸의 뼈가 움직이는 느낌이었다. 더욱 시원해진 느낌이 들자 유천은 곧바로 자리에 앉아 다시 한 번 수련에 빠졌다.

그렇게 한 시간 동안 수련한 유천이 눈을 번쩍 뜨고 자리에서 일어났다.

"개운하네."

그동안의 피로가 말끔히 사라지는 느낌이었다. 틈나는 대로 수련한다는 것이 얼마나 좋다는 것을 안 유천이 다시 한 번 결심했다.

"틈나는 대로."

수련을 멈추지 않을 생각이었다.

이젠 어떠한 일이 발생할지 아무도 몰랐다. 더군다나 아직 적들이 무사한 이상 유천은 최선을 다해 자신의 힘을 강하게 할 필요가 있었다.

"언젠가는 평화로워지겠지."

유천의 희망사항이기도 했다.

아무래도 이런 생활은 그다지 즐겨 할 일은 아니었다. 어머니와 떨어질 일이 많은 건 물론이고 늘 내일을 모르는 생활이 지겨울 때도 있었다.

"도대체 외인부대에 간 이후로 편한 날이 없었어."

유천이 중얼거렸지만 한편으로는 뿌듯했다. 만약 외인부대에 가지 않았다면 이런 인연을 얻을 수 없었을 것이다.

그렇다면 이런 위치에서 산다는 건 거의 불가능할지도 몰랐다.

더군다나 소르셀르리 같은 애인까지 얻었으니 손해 보는 장사는 아니라는 생각이 들었다.

"아주 좋아."

유천이 샤워를 하러 들어가면서 마지막으로 한 말이었다.

호텔을 나와 차를 몰고 서울 시내를 질주하던 유천의 휴대폰이 울었다.

"성가시게."

운전 중 오는 전화라 깨끗이 무시했다. 유천은 내친김에 정비공장으로 갈 요량이었다. 아무래도 한 번쯤은 돌아보고 가야 마음이 편할 듯싶었다.

"다 내 돈인데."

아무리 무관심하더라도 신경이 쓰이는 건 사실이었다.

정비공장에 들어와 차에서 막 내리던 순간 휴대폰이 다시 울었다.

"뭐지?"

모르는 번호에 무시할까 하다가 이상하게 받고 싶어 휴대폰을 귀에 댔다.

"정유천입니다."

─안녕하십니까. 전 이한걸이라고 합니다.

"이한걸이요?"

처음 들어보는 이름에 유천이 고개를 자신도 모르게 갸우뚱했다. 더 생각하기도 전에 상대방의 목소리가 들렸다.

─깊이 생각하지 마십시오. 우리는 아직 만나본 적이 없으니까요.

"보험 광고입니까?"

─아닙니다.

"전화 끊으시죠. 제가 바빠서."

유천이 막 귀에서 휴대폰을 떼려는 순간에 목소리가 들렸다.

─소르셸르리 씨 아시죠?

"당신 누구야?"

유천의 목소리가 조금 신경질적으로 변했다. 그러나 상대는 처음부터 지금까지 억양 하나 변하지 않았다.

—그분 일로 좀 만나 뵙고 싶습니다만.

"어디서요?"

—그쪽에 계시면 제가 차를 보내겠습니다.

"그럽시다."

유천이 휴대폰을 내려놓는 순간 거의 동시였다.

끼익.

차 한 대가 앞에 섰다.

얼핏 봐도 최고급 수입차 중 하나인 재규어였다. 운전석에서 정장 차림의 남자가 내리더니만 고개를 꾸벅 숙였다.

"정유천 씨죠?"

"그렇습니다만."

"이한걸님이 보내셨습니다. 뒤에 타시죠."

무섭게 신속한 반응에 내심 혀를 내두른 유천이지만 아무렇지 않은 듯 재규어에 올랐다.

설령 어떤 일이 있더라도 스스로 헤쳐 나갈 자신이 있었기에 유천은 느긋한 마음으로 다리를 쭉 폈다.

"차 좋네요."

유천의 말대로 뒷좌석이 넓어 다리를 쭉 뻗어도 앞좌석에 닿지 않을 정도였다.

"아, 네."

운전기사는 그저 건성으로 대답하고 차를 몰아갔다. 유천은 차에서 궁금증을 참지 못해 운전기사에게 물었다.

"이한걸 씨가 누구입니까?"

"가서 보시면 아실 겁니다."

"그래요?"

유천은 더 이상 묻지 않았다. 더 이상 말해 봐야 운전기사가 얘기해 줄 것 같은 낌새도 아니었다.

차는 한 시간 정도를 달려 서울 성북구에 있는 한 집 앞에 섰다.

"이리로 들어가시면 됩니다."

운전기사의 안내를 받아 집 안으로 들어갔다. 주차장 문을 열고 들어서자 거대한 정원이 유천을 먼저 반겼다.

정원사의 세심한 손길이 닿은 듯 나무와 꽃들은 깔끔하게 손질되어 있었고, 금잔디는 그야말로 잡풀 하나 없을 정도로 깨끗이 관리되어 있었다.

'돈이 썩어 나네.'

유천은 이렇게 관리하면 얼마나 돈이 들지 머릿속으로 생각해 보다 이내 접었다.

'내가 알게 뭐야.'

천천히 걸어 들어가서 현관문을 열자 한 남자가 우뚝 서 있는 모습이 보였다.

키 180㎝ 정도, 이목구비가 또렷하고 얼핏 봐도 미남형의 남자였다.

다만 피부색이 너무도 하얗게 빛나 조금 연약해 보이는 인상이 흠이라면 흠이었다. 그가 손을 내밀자 유천이 손을 맞잡았다.

"정유천 씨, 반갑습니다. 전화드렸던 이한걸이라도 합니다."

"소르셀르리 씨 일로 저를 보자고 하셨다고요?"

"일단 이쪽으로 오시죠. 차 한 잔은 마시면서 얘기하는 게 좋지 않겠습니까?"

정중한 매너와 예의가 몸에 배어 있는 남자였다. 유천은 더 이상 신경 쓰지 않고 소파로 가 털썩 주저앉았다.

이한걸이 아차 한 듯 명함을 한 장을 들이밀었다.

"인사가 늦었습니다."

"전 아직 명함이 없어서."

"빨리 준비하셔야죠. 이제 어엿한 오너신데."

이한걸의 말을 귓등으로 흘리며 명함을 살피던 유천이 살짝 놀랐다.

성전전자 전무 이한걸.

뚜렷이 쓰여 있는 명함 속의 이름이었다.

성전전자라면 우리나라 최고라는 성전그룹의 주력회사이기도 했다. 저 젊은 나이에 전무가 된다는 건 꿈같은 이야기였다.

그렇다면 오너 일가가 분명했다.

궁금증이 생겼는데 그냥 넘어갈 유천이 절대 아니었다.

"성전그룹 회장님하고 어떻게 되십니까?"

"제 아버님 되십니다."

"그렇군요."

유천은 눈 하나 꿈쩍하지 않았다. 상대가 우리나라 최대 재벌 기업 후계자라 해도 별 관심도 없었다.

이한걸이 살짝 웃으며 말했다.

"저 태어나서 여태까지 제가 원한 거 못 가진 거 없었습니다."

"가끔 못 가질 때도 있어야죠."

"그래 본 적이 없는데 그 전례를 깨고 싶지 않군요."

불꽃 튀기는 두 남자의 입 싸움이 벌어졌다. 주먹만 오고가지 않을 뿐, 두 남자의 두뇌 싸움이 치열하게 벌어지는 순간이다.

잠시 침묵이 흐르는가 싶더니만 맞은편에 앉은 이한걸이

먼저 입을 열었다.

"소르셀르리 씨를 잘 아신다고요."

"조금요."

얘기하는 사이 바로 차 한 잔이 앞에 나왔다. 유천은 차를 마시고 싶은 기분이 하나도 없었다.

자신의 여자를 다른 남자가 거론한다는 자체가 기분 좋지는 않았다. 유천은 그 마음으로 단도직입적으로 물었다.

"왜 소르셀르리를 거론하시는 거죠?"

"한 말씀만 묻겠습니다. 소르셀르리 씨와 결혼하실 겁니까?"

이한걸의 질문에 유천이 지체없이 대답했다.

"그럴 생각은 없습니다."

"그럼 그냥 사귀시는 겁니까?"

"그래요. 아직 결혼이라는 걸 생각해 본 적이 없습니다."

"그러시군요."

이한걸이 조용히 차를 입에 댔다. 유천은 이한걸을 뚫어지게 바라보며 한마디 했다.

"그거 물어보려 저를 부르신 겁니까?"

"아닙니다."

"그럼 진짜 이유가 뭡니까?"

유천의 말에 이한걸은 끝까지 예의를 잃지 않았다.

"실은 우연히 소르셀르리 씨를 제가 봤습니다."

"그런데요?"

"대단한 미인이고 매력적인 여자더군요."

"그건 저도 인정합니다."

유천이 수긍하자 이한걸이 눈빛을 반짝였다.

"그래서 드리는 말씀인데 소르셀르리 씨와 헤어지면 안 되겠습니까?"

"지금 뭐라 그러는 겁니까?"

유천의 말씨가 사나워지자 이한걸이 손을 휘저으며 분위기를 애써 바꿨다.

"아아, 그런 눈빛 보내지 마십시오. 유천 씨가 대단한 경력을 지녔다는 걸 저도 압니다."

"저에 대해 조사했습니까?"

"아니, 그 정도는 조사가 아니라도 기본적으로 나오더군요. 실례가 됐다면 죄송합니다."

상대가 먼저 정중히 고개를 숙이자 유천은 더 이상 할 말이 없었다.

"뒷조사하는 거 좋은 거 아닙니다."

"다시는 그런 일 하지 않겠습니다. 그리고 조사하다 보니 알게 된 게 있는데 우리 둘이 동갑이더군요."

"그래요?"

"그래서 드리는 말씀인데."

이한걸이 말을 흐리자 유천이 재빨리 눈치채고 한마디 했다.

"편하게 말하라는 얘깁니까?"

"제 말이 그렇습니다."

"그래라."

대뜸 터져 나오는 반말에 이한걸이 순간 흠칫했으나 이내 빙긋 웃었다.

"화끈하네."

"성격이야."

유천 대답에 이한걸이 넌지시 물었다.

"같은 나이니까 하는 말인데, 소르셀르리를 좀 양보하는 게 어때?"

"거절하지."

유천의 심플한 대답이 터졌으나 이한걸은 꿈쩍도 하지 않았다.

"그냥 양보하라는 거 아니야. 조건을 걸지."

"무슨 조건?"

"정비공장을 하더군."

"조사했으니 그 정도는 알겠지."

유천이 대답하자 이한걸이 묘한 눈빛을 보냈다.

"내가 정비공장을 밀어주지."

"무슨 힘으로?"

"아무래도 정비공장이라면 사고차가 제일 큰 수입원이 되겠지?"

"그렇다더군."

유천이 시큰둥하게 답하자 이한걸의 입에서 폭탄선언이 터졌다.

"우리나라 3대 보험사 수입차 서울 쪽 사고를 그쪽 정비공장으로 밀어주지."

"뭐?"

"하루에 받을 수 있는 분량을 밀어주겠다는 얘기야. 서울에서도 사고차가 많이 나오지. 어때? 그 정도면 상당한 수입이 될 텐데?"

"되겠지."

유천이 솔직히 인정하자 이한걸이 말했다.

"그 조건이면 양보할 수 있겠나?"

무서운 유혹이었다.

유천의 머릿속에서는 이한걸의 제안이 얼마나 큰 딜인지 이미 알고 있었다.

서울에 있는 모든 수입차 중에 사고 나는 차의 하루 비율을 잡아보니 상당한 숫자였다.

그 차들이 모두 자신의 정비공장으로 들어온다면 엄청난 수입이 될 것은 분명했다.

유천이 생각하는 사이 이한걸이 거기에 불을 질렀다.

"하루에 사고 나는 차만 해도 수십 대더군."

"매력 있는 조건이군."

"그럼 소르셀르리에게서 물러나 줄 수 있겠나?"

"거절이야."

유천이 깔끔하게 답하자 이한걸이 의외라는 표정으로 말했다.

"여자 하나 때문에 큰 기회를 놓친단 말인가?"

"바보 같은 얘기지만 기분이 나빠."

"기분이 나빠?"

"돈 때문에 애인을 버린다는 거 남자 자존심 상하지 않나?"

"하하. 자존심 이상의 수입이 있을 텐데."

이한걸이 말했으나 유천은 이미 고개를 저었다.

"없던 걸로 하지."

"음. 쿨한 성격이군. 그런데 반대급부도 생각해야지."

"반대급부라니?"

"내가 거절당하면 그냥 있을 거 같나?"

이한걸의 눈빛이 살짝 변했지만 이번에는 유천이 웃었다.

"어떻게 하려고? 애들 풀려고?"

"아, 그런 짓은 안 해."

"해도 괜찮아. 모조리 죽사발을 만들어주지."

"그러겠지."

이미 알고 있다는 듯이 말하는 이한걸을 보고 유천이 흠칫했다.

"그것도 알고 있어?"

"외인부대에서 꽤 날렸더군. 한국에서도 꽤 움직였고 말이야."

"조사 많이 했네."

유천이 빈정거리자 이한걸이 말했다.

"처음에 미안하다고 사과했잖아. 다신 조사 안 하지."

"맞고 싶어?"

유천이 살짝 인상을 구겼으나 이한걸이 뒤로 물러서며 말했다.

"나 힘없어. 겨우 유도 4단이야. 어찌 외인부대 최정예요원과 싸우겠나."

그 한마디에 유천이 왠지 맥이 빠지는 기분이었다.

상대가 이미 졌다고 나오는데 두들겨 팬다는 것도 왠지 모양새가 안 좋았다.

"그럼 이 분함을 어떻게 처리하지?"

"공은 공, 사는 사지. 조사한 거에 대해서 기분 나쁘다면 그만한 보상을 해주지."

"무슨 보상?"

"타고 온 차. 가지고 가. 이전 등록 해주지."

상대가 강하게 나오자 유천이 오히려 웃고 말았다.

"괜찮아. 아직까지 남한테 적선받을 정도는 아니야. 이야기 끝났나?"

"오늘은 끝난 거 같군."

"그럼 돌아가지."

"편하신 대로."

이한걸은 아무런 미련이 없는 듯했다.

유천이 자리에서 일어서 밖으로 나가자 이한걸이 조용히 말했다.

"다시 만나볼 기회가 있을 거 같아."

"난 없을 거 같은데?"

"분명히 있을 거야."

이한걸의 말에 왠지 얄미운 기분이 들었다. 유천은 첫눈에 보기에도 이한걸이 보통 인물은 절대 아니라는 생각이 들었다.

저 정도라면 한국에서도 꽤 잘나가는 집 아들이 분명했다.

"배에 기름이 차니까 보이는 게 없지?"

"아니야. 보이는 거 많아."

"까불다 혼나."

"조심할게."

다시 한 번 뒤로 물러서는 이한걸의 목소리에 유천은 어깨를 으쓱하고 말았다.

"이거 화답이 없으니 재미가 없는걸?"

"난 촌스럽게 힘으로 하지 않아."

마지막 말이 왠지 마음에 걸렸으나 유천은 모르는 척 무시했다.

밖으로 나온 유천에게 운전기사가 깍듯이 고개 숙였다.

"타십시오. 다시 모셔다 드리겠습니다."

"아니, 택시 타고 가겠습니다."

"아니, 모시라는 지시가 계셨습니다."

왠지 간절한 표정이다.

자신이 이 차를 타지 않는다면 운전기사가 왠지 곤혹을 치룰 것 같은 느낌이 들었다.

유천은 아무 말 없이 뒤에 타면서 말했다.

"프랑스 대사관 쪽으로 가주세요."

"네, 모셔다 드리겠습니다."

운전기사는 환한 표정을 지으며 차를 몰아갔다.

뒷좌석에 앉은 유천이 곰곰이 생각하다 휴대폰을 들었다.

"소르셀르리?"

―웬일이에요?

소르셀르리의 밝은 목소리에 유천이 한마디 했다.

"지금 볼 수 있을까?"

―지금 근무시간인데요?

"그리 오랜 시간을 뺏지는 않을 거야. 20~30분도 안 되겠어?"

―그 정도면 충분히 가능해요. 접견실로 올래요?

소르셀르리 제안을 유천이 거부했다.

"아니, 밖에서 차 한 잔 마시는 게 어떨까?"

―음. 그 정도는 할 수 있어요. 기다려요.

소르셀르리의 밝은 목소리에 유천은 휴대폰을 놓고 곰곰이 생각에 잠겼다.

일단 소르셀르리에게 확인해 봐야 뭐든 앞뒤 사정이 풀릴 거 같은 기분이었다.

유천은 차에서 내리자마자 곧바로 프랑스 대사관 옆에 있는 커피숍으로 들어갔다.

커피숍에는 벌써 소르셀르리가 자리 잡고 있다가 손을 흔드는 모습이었다.

"여기예요."

"먼저 왔네?"

유천이 맞은편 자리에 앉자 소르셀르리가 즐거운 듯 말했다.

"낮부터 웬일이에요? 그렇게 내가 보고 싶었어요?"

"음. 보고 싶은 것도 있지만 할 얘기가 있어서."

"헤어진 지 얼마나 됐다고 또 얘기를 해요?"

유천은 그런 소르셀르리에게 조용히 물었다.

"이한걸이라고 알아?"

"이한걸? 아, 그 남자."

기억난다는 듯이 소르셀르리의 표정이 살짝 변했다. 유천은 그런 소르셀르리에게 화끈하게 물어갔다.

"그 남자랑 어떤 사이야?"

"아무 사이도 아니에요."

"그 남자가 알던데?"

"아, 저한테 와 가지고 데이트하자더군요. 거절했어요."

깔끔한 소르셀르리의 말에 유천은 속으로 통쾌함이 들었다.

성전그룹 회장 아들이 딱지 맞는 순간을 생각하니 왠지 속에서 웃음이 나오는 순간이다.

그러나 유천은 이내 표정을 바꾼 채 소르셀르리에게 조용히 말했다.

"그 남자 어떤 남자인지 알아?"

"몰라요."

"성전그룹 회장 아들이야."

"회장 아들이요?"

살짝 놀란 소르셀르리에게 유천이 물었다.

"성전그룹은 알겠지?"

"그럼요."

대답하는 소르셀르리의 목소리는 한 치의 흔들림도 없었다. 유천은 그런 소르셀르리에게 고개를 갸웃거리며 물었다.

"안 당겨?"

"별로요."

"재벌 아들인데?"

유천의 말에 소르셀르리가 살짝 눈을 흘기며 말했다.

"프랑스에서도 재벌아들 데이트 신청을 받아본 적 있어요."

"그랬군. 어느 그룹인데?"

"이름만 대면 알 만한 세계적인 그룹이죠. 성전그룹에 절대 뒤지지 않을걸요?"

프랑스 대기업이라면 성전그룹이라도 그리 쉬운 상대는 아니란 생각이 들었다.

유천은 그런 소르셀르리에게 조심스럽게 물었다.

"그래서 전혀 관심이 없어?"

"관심이 없어요. 얼굴도 하얗고 힘도 없어 보이던데요."

너무도 솔직한 소르셀르리의 말에 유천이 웃음이 나왔다.

"재벌 아들 둘 다 튕긴 여자네."

"음. 저는 제가 하는 일이 좋아요. 그리고 우리 집도 먹고 살 만하거든요?"

"일 때문에 싫다?"

"그럼요. 아직 결혼할 생각이 없어요."

그 말에 유천이 조심스럽게 물었다.

"그래서 나랑 지내는 거야?"

"유천 씨도 결혼할 생각 없잖아요. 그래서 우리는 호흡이 잘 맞는 남녀 아니에요?"

소르셀르리의 말에 오히려 안도감이 들었다.

유천이 고개를 돌리자 이번에는 소르셀르리가 물어왔다.

"그런데 그 남자는 어떻게 알게 됐어요?"

"조금 전에 만났어."

"뭐라고 얘기하던가요?"

"헤어지라고 그러더군."

"그래서 뭐라고 그랬어요?"

소르셀르리가 흥미진진한 얼굴로 바라봤다.

"거절했지."

"좋은 조건을 내세우지 않았을까요? 재벌들은 항상 그러던데."

"전에도 그랬어?"

"그랬었어요."

소르셸르리의 대답에 유천이 말했다.

"군침 도는 제의를 주더군."

"그래도 거절했어요?"

호기심 어린 소르셸르리 물음에 유천이 화답했다.

"기분이 나빴어."

"호호. 유천 씨다운 답이에요. 그거 때문에 여기까지 찾아온 거예요?"

"그런 셈이지."

"음. 별거 아니었군요. 저 이제 들어가 봐야 돼요. 안녕. 연락해요."

소르셸르리가 눈웃음을 살짝 치더니만 옆에다가 가볍게 볼에 키스하고는 멀어져 갔다.

유천은 색다른 소르셸르리의 매력을 보는 기분이었다.

왠지 전보다 더 매력적인 여자란 느낌마저 들었다. 보통 여자라면 재벌 아들이라면 깜빡 넘어가기 좋았다.

그러나 소르셸르리는 전혀 꿈쩍도 하지 않는 모습이었다.

결국 유천은 돈에 밀릴 일이 없다는 이야기였다.

"역시 남자는 힘이야."

유천이 빙긋 웃었다.

다시 공장으로 향하던 유천이 이주봉의 연락을 받았다.

"무슨 일이지?"

―대표님, 큰일 났습니다.

"큰일이라니?"

―갑자기 자동차 보험사 측에서 이쪽으로 차를 보내주지
못하겠단 통보가 왔습니다.

그 순간 유천의 머리가 비상하게 돌아갔다. 갑자기 이런 일
이 발생한 건 누군가의 입김이 작용했다는 느낌이 들었다.

"알았어. 그쪽으로 갈게."

―기다리겠습니다.

약간 침울해진 이주봉의 목소리에 유천이 한 번 물었다.

"그 차들이 안 들어오면 타격이 크나?"

―매출이 50퍼센트 이상 감소합니다.

"기다려."

급히 통화를 마친 유천이 곧바로 이한걸에게 연락했다. 신
호음이 두 번 가기도 전에 이한걸의 목소리가 들렸다.

―금방 헤어졌는데 어쩐 일이지?

"네가 한 거야?"

─무슨 소리야?

"자동차 보험사 말이야."

유천의 말에 이한걸이 대답이 곧바로 들렸다.

─아, 그거. 실은 우리 집안 아는 사람이 정비공장을 하더군.

"그래서 우리 물건을 뺀 거야?"

─참 우연의 일치가 좀 심하지?

전혀 부인하지 않는 이한걸이 오히려 더 밉상이었다.

유천은 여기서 흥분하지 않고 차분하게 말했다.

"꼭 이렇게 해야 했어?"

─뭐 그 친척이 나랑 사이가 좋지 않아서 바꿀 수도 있어.

"조건은 전과 동이야?"

유천의 말에 이한걸이 냉큼 대답했다.

─그렇지. 소르셀르리와 헤어주기만 하면 되지.

"못 들은 걸로 할게."

"아쉽네. 타격이 클 텐데."

이한걸이 비아냥거리는 소리에도 유천은 흔들리지 않았다.

"그런데 너 그거 아냐?"

─뭐 말이야?

이한걸이 묻자 유천이 차갑게 한마디 했다.

"여태껏 날 건드려서 좋게 끝난 인간이 없어."

―그래? 이상하게 두렵지가 않네?

"음. 지금은 안 두려워해도 돼. 나중에 느끼게 될 거야."

유천의 한마디에 이한걸이 웃으며 말했다.

―다음에 생각이 바뀌면 전화해.

"그럴 일은 없을 거야."

유천이 먼저 전화를 끊었다.

유천은 잠시 얼굴이 달아오르는 것을 천천히 가라앉히고 정비공장으로 향했다.

정비공장에 도착하자마자 사무실에 들어간 유천이 이주봉의 마중을 받았다.

옆에는 두 직원이 고개를 꾸벅 숙이며 말했다.

"죄송합니다. 사장님."

"뭐가 죄송해?"

"저희가 열심히 했는데."

"너희 탓 아니야."

유천이 말했으나 직원들은 달랐다.

"아닙니다. 저희가 뭔가 잘못을 한 거 같습니다. 연락해 볼까 합니다."

"아니, 너희 잘못 아니라니까. 연락해도 소용없어."

"소용이 없다니요?"

"그럴 일이 있어. 자, 일단 앉지."

유천이 소파에 앉자 다들 공손히 옆자리에 앉았다. 유천은 세 명을 바라보며 조용히 물었다.

"타격이 어느 정도 돼? 정확히."

"매출 감소가 필연입니다."

이주봉의 말에 유천이 다시 물었다.

"공장이 적자로 돌아설 정도인가?"

"새로 인원 들어온 거까지 감안하면 조금 적자는 감수해야 될 거 같습니다."

유천이 가만히 바라보다가 말했다.

"걱정하지 말고 운영해. 그리고."

유천의 시선이 직원들에게 돌아섰다. 그러자 직원 한 명이 벌떡 일어서며 말했다.

"뭐든지 지시만 내려주십시오."

"매출을 확대할 수 있는 방안을 찾아봐. 나도 연구해 볼 테니."

"노력해 보겠습니다."

그리 자신 있는 목소리는 아니었다. 유천도 지금 당장 어떤 뚜렷한 해법을 찾을 수 없었다.

넷이서 머리를 짰으나 당장 해결책이 나오지 않자 유천이 자리에서 일어섰다.

"너무 걱정하지 말고 편안하게 운영해. 적자가 나도 그 정도는 충분히 막을 힘이 있으니까 걱정하지 말고. 자, 그럼 간다."

유천은 더 이상 말하지 않았다.

자신이 여기 있어 봐야 다들 불편할 뿐이다. 그럴 바에야 먼저 자리를 피해주는 것이 여러모로 좋았다.

사무실을 나선 유천은 차에 오르며 나직하게 뱉었다.

"이한결. 너 건드려서 안 될 사람을 건드린 거야."

유천의 눈이 스산하게 빛났다.

유천은 그 길로 곧장 집으로 향했다. 이렇게 머리가 아플 때는 집에서 쉬고 싶었다.

그런데 집 앞에 내려선 유천은 깜짝 놀라고 말았다.

"저거 뭐야?"

뜻밖에도 어머니와 한 외국인이 다정하게 이야기를 나누는 모습이었다. 더구나 외국인 생김새가 중요했다.

이젠 지겹다면 지겨운 중동 쪽 남자였다.

고개를 갸웃거리며 대문을 들어서자 어머니가 먼저 말했다.

"왔구나. 손님이 찾아왔단다."

"손님이요?"

유천은 생전 초면인 외국인을 보고 고개를 갸웃거렸다. 그러자 외국인이 유천에게 다가와 살짝 고개 숙였다.

"정유천 씨죠?"

"그렇습니다만."

"잠깐 나가서 이야기하시죠."

외국인 권유에 유천이 아무 말 없이 밖으로 나갔다.

저벅저벅.

왠지 어머니 앞에서 이야기하는 것이 좋지 않다는 예감이 들었던 탓이다. 밖으로 나오자 유천이 먼저 물었다.

"당신 누굽니까?"

"아프가니스탄에서 보냈습니다."

"뭐?"

유천의 말투가 대뜸 사나워졌다.

"그쪽에서 알아보라고 하더군요. 언제 올 거냐고요."

"이 새끼가."

유천의 눈이 번쩍였다. 순간적으로 살기가 뻗치자 외국인 눈빛이 주춤거렸다.

"아니, 왜 그러십니까."

"분명히 경고했지. 들어오지 말라고."

"그것만 알아보러 왔습니다."

"죽고 싶어?"

유천의 살기가 사방에 퍼져 나가는 순간이었다. 가뜩이나 마음이 불편한 상황인데 생각지 못한 인물이 완전히 불을 질렀다.

『한국호랑이』 5권에 계속…

이제부터 전자책은

이젠북

www.ezenbook.co.kr

❧ 새로운 세계가 열린다! ❧

한백림 『천잠비룡포』   천중화 『그레이트 원』
좌백 『천마군림』   송진용 『몽검마도』
현대백수 『간웅』   김석진 『더블』
김정률 『아나크레온』   백연 『생사결-영정호우』
임준후 『켈베로스』   예가음 『신병이기』
진산 『화분, 용의 나라』   남운 『개방학사』

이름만 들어도 황홀할 정도의 별들의 향연!

이들의 "유료연재"가 시작됩니다!

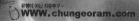

용병귀환

유왕 판타지 장편 소설

수십 년 전, 용병왕의 등장으로 생겨난
왕국과 용병의 세계.
평소엔 한없이 가볍지만 화나면 누구보다 무서운,
놀고먹고 싶은 그가 돌아왔다!

하지만 바람과는 달리 과거 그의 앙숙과 대륙의 판도는
도저히 그를 놓아주질 않는데……

"용병은 그냥, 돈 받고 칼을 빌려주는 놈들이니까."

그의 용병 철학은 단순했다.

"물론, 누구에게 빌려주느냐가 문제겠지?"

Now Publishing CHUNGEORAM

유행이 아닌 자유추구
WWW.chungeoram.com

도시의 주인

말리브 장편 소설
FUSION FANTASTIC STORY

말리브 작가의 신작 현대 판타지!

죽기 위해 오른 히말라야.
그러나, 죽음의 끝에 기연을 만나다!

『도시의 주인』

다시 한 번 주어진 운명.
이제까지의 과거는 없다!

소중한 이를 위해! 정의를 외친다!

Book Publishing CHUNGEORAM

유행이 아닌 자유추구 -
WWW.chungeoram.com